攝影／林俊孝

作者◉劉紹華◉

人類學家，美國哥倫比亞大學博士，任職於中央研究院民族學研究所。研究領域主要從愛滋、毒品與麻風（漢生病）等疫病的角度切入，分析國際與全球衛生，理解當代社會變遷的本質與傾向，以及身處變遷中的個人生命經驗與轉型。此外，亦從自然資源的治理變遷，研究環境、社會與政治經濟角力等議題。英文專書 *Passage to Manhood: Youth Migration, Heroin, and AIDS in Southwest China* (Stanford University Press, 2010)，及其譯寫而成的醫療民族誌《我的涼山兄弟：毒品、愛滋與流動青年》（群學，2013），獲得臺灣、中國、香港等地的諸多獎項肯定。新著《麻風醫生與巨變中國：後帝國實驗下的疾病隱喻與防疫歷史》（衛城，2018），為二〇一八年臺灣Openbook中文創作年度好書、二〇一九年香港文藝復興非虛構寫作獎得主。

人類學活在我的眼睛與血管裡

劉紹華

目錄

第二部 後柬埔寨時期

涼山雜記

當代中國觀察

旁觀他人之苦

全書序　移動做為生命的方法

這是個平行世界，實際上豐富多元，我們卻常只停留在彼此的平行軌道裡。關於空間，也關於時間。

一個顯白的想像：不同的社會世界、不同的人群在全球化浪潮的席捲下，腳下的沙石地基有異，有人沖涼爽快、有人跌倒淹沒，造就了區隔的發展機會與不平等。

時間，也顯示了這個平行世界。不同的人對時間感的體會有別，農村的與都會的、年輕的與年長的、放假的與上工的。一個直白的理解：在工業革命之前，我們的日常生活不會被朝九晚五上下班打卡這回事來界定。

當平行世界的時空意涵交疊，同樣的一樁事件、一段歷史、一個社會，可能出現不同的敘事、詮釋，乃至前臺與後臺、看得見的與不被看見之差異。

那麼，該如何瞭解平行世界的差異呢？

我的經歷與感想是：將移動做為生命的方法。移動，一直是我們實際生活與完成生命的方式。太尋常，以至於經常忘記它的獨特性；又太特別，以至於過度慎重以待，而失卻平常心。如果我們能將具有特性的移動變成日常生活的習慣，那就有可能完成平行世界中的多元理解、紀錄觀察與書寫。

這本書記錄了過去二十年我在平行世界中的橫豎移動軌跡、觀看與思考的故事，從柬埔寨開始，到近期的中國田野。在這兩國之間，我也曾移動至非洲大陸和美國，只是這段時間的紀錄散佚缺失，正好反映了我從青年轉中年時所處的巨變時代。這段期間裡電腦資料的儲存方式一再變動，諸多的手札筆記檔案流失。在後電腦時代，生命紀錄流失的速度，有時比前電腦的手寫時代還要快速。

柬埔寨之旅是我生命中首次巨幅跨度的移動。屈指數來，在柬埔寨的時空中稱得上是「第一次」的移動實在很多，它們讓我的生命、眼界與心防洞開：在異鄉長期生活、見識普遍的赤貧、認識眾多文盲、在漫長的爛路破橋上開車、看見這麼多被地雷炸傷的身障者、知道這麼多的愛滋患者生活在周遭、拜訪以茅草竹片為牆的監獄、在這麼多白人的酒吧中與不同國籍的東南亞小姐閒聊、見識臺商「包二奶」是怎麼回事、遇見遠赴柬埔寨茶館淘金夢滅的中國姑娘、和「黑道」打交道、在高腳屋裡生活、挑河水洗澡、與這麼多明明過得辛苦卻總是微笑的高棉人相交。這麼多的第一次，我若沒有改變，不是悟性太低，就是固性太強。所幸，我雖非天才，亦非蠢才，中庸尚可，由裡到外都改變許多。

在不同的時間、空間、人群、文化、社會位置中移動而形成的眼光，讓我得以在柬埔寨的日子裡認識異文化的世界，體驗自己的可能與限制。於是，我也才有勇氣在日後進行更大跨度、更為困難的移動，從柬埔寨到非洲到中國。我心知肚明，如果沒有柬埔寨的生命移動經驗，不可能成就我後來的涼山體驗，我可能也沒有能耐把一個動盪的故事盡可能心平氣和地寫成《我的涼山兄弟》。

《柬埔寨旅人》是我首次書寫的生命移動紀事，二〇〇五年在臺灣出版，二〇一七年又在中國出版。如今，春山的瑞琳和意寧將我二十年前的柬埔寨故事與日後開展的生命移動紀事集結成書出版。回顧瞬息萬變的平行世界，以及自己在其間未曾停歇移動的腳步與眼光，我想先聊聊近年來聽聞的柬埔寨新興現象，再重返我在柬埔寨的時空，讓當年沒寫出來的回憶重見天日。

＊＊＊

二十年過去了，柬埔寨乃至整個東南亞，從對東亞人而言似乎不是那麼令人瞧得起的區域，已成為舉足輕重的世界板塊。東南亞的勞工、女性、文化、語言、飲食、電影、政治影響、市場規模、經濟發展等，令身處東亞的我們不得再漠視鄰近區域的人事物。臺灣早已從過往只朝北看，而逐漸轉向關注南方，近年甚至再度喊出新一波的南向政策。

然而，隨著柬埔寨的政經變動，柬埔寨人的處境反而進入一種更加深化的平行世界狀態。而臺灣，乃至其他東亞人，即使不斷南向，也並不一定能真心善待東南亞和那裡的一般人，主要看重的還是當地的經濟效益。在臺灣，學習東南亞語言似乎已成大學畢業生的就業保障。臺灣房地產投資客在自家炒房還不夠，繼買進破產的美國加州地產後，東南亞的房地產已成為熱錢湧進的新目標。前幾年，每天早晨我開車上班途中都聽到收音機裡傳來「海外房地產投資首選，我推薦柬埔寨」之類的洗腦廣告。臺北街頭更不乏見巨幅廣告「金邊房地產，投資報酬率七％」。中國人也早已帶著重金進入東南亞架設高鐵與開闢經濟特區，還夾帶著中國式管理的文化特色。

中國與美國兩大經濟體的競爭煙硝，也一再以東南亞為戰場，臺灣媒體便曾以「中美搶東協如搶奧運金牌」來形容中、美兩國在東協中的激烈角力。兩大經濟體爭相拉攏東南亞，以壯大各自在全球體系中的政治經濟影響力，說明這個區域的重要性。但是，除了市場與經濟價值外，是否還能看到與珍惜東南亞的文化意義？還是，對東南亞文化的欣賞仍是以經濟觀點來評價？

舉例來說，泰國是個虔誠的小乘佛教社會，孝順與敬老是社會美德，但這些美德並非西方社會所崇尚，也在原以大乘佛教為主的東亞社會中逐漸式微。如今，在全球化的時代，貨幣交易與流通無國界，文化及承載文化的人做為商品，也一樣無遠弗屆。於是，東南亞勞工大量輸出東亞照顧老人，西方白人則移居泰國退休養老，享受泰國服務者對老年人的親近與貼心照護。經濟因素伴隨著文化特性，讓東南亞的文化與勞工和外界交互移動得更為頻繁。

另一種更常見的交互移動便是旅遊。東南亞的貨幣相對而言仍是弱勢貨幣，東亞旅客來此消費十分划算。可能正因如此，許多東亞華人旅客，即便是年輕人，到柬埔寨旅遊亦常住進高級觀光飯店，享受在自己國家或去發達國家旅遊時難得的消費活動，儼然從東亞向東南亞移動的過程中，自己的社會經濟位階倏忽由下而上。

殊不知，如此不察地躋身全球性的社經位階排序，仍停留在原本的世界想像與嚮往秩序，可能錯失瞭解當地文化與生活方式的機會，無緣探索平行世界中的移動驚喜。最終返程回家時，才由高處落地回到現實，馬車變回南瓜，全靠照片來追憶海市蜃樓般的華美。如果年輕時期就如此依照社會經濟體系的階序築夢，而缺少認識差異的真心與體驗嘗試，年輕人最擔憂的不平等未來，能有機會改變嗎？

很多人，包括我自己在內，年輕時代都對世界心生嚮往，對改變世界的不公不義有過自我期許。但實際投入行動的，可能只是少數。誠然，對於行動的定義可能因人而異，但不論如何界定，我想關注與理解應是所有行動的基本出發點。東南亞在經濟榮景之外的其他面向，也值得我們關注，如同我們希望自身面臨的結構性不平等與改變未來的可能性也一樣為世界關注。

我們自身和東南亞，在全球架構下其實一體相連，都被捲入也積極參與那個無以名之、卻無所不在的全球化影響。

東南亞至今仍是個悲苦與希望同時並存的世界。當然，東南亞之大，很難概括討論。就談柬埔寨，這是東南亞最困難的國家之一。光從政治上，就可以理解這個國家的辛苦。我在二〇〇五年出版的《柬埔寨旅人》中寫道：「洪森曾是世上最年輕的首相，年僅三十四歲便擔任柬埔寨的首相兼外長，並連任三屆首相，任期近二十年，……很有希望超過印尼的蘇哈托，成為掌權最久的國家領導人。」如今二〇一九年，他依然統領柬埔寨，政治權力無人可及。古今中外的歷史從無例外，由一家專斷政治的時代絕無可能萬萬歲，我引頸期待柬埔寨的未來。

只是，在全球經濟架構中奮起直追的柬埔寨中上階層準備好接受秩序變動了嗎？他們願意為了長遠的子孫未來而挑戰既得利益的架構嗎？汲汲忙於生存的柬埔寨中下階層能有心力望向遠方嗎？這個讓亞洲熱錢躁動湧進的國家，現今國民人均產值仍遠低於美金兩千元，換算起來，平均每日遠不及十美元。柬埔寨的鄉間仍埋藏著無數不明下落的地雷。號稱經濟起飛的首都金邊，高樓大廈迭起，中產階級化的都市發展模式，將窮人趕出城市中心，城市周圍擠滿更多撿拾垃圾維生的貧民。眾多的愛滋患者仍缺乏生機。天堂與地獄的寫實，就如同吳哥窟的石雕故事一般，上演著人世歷史中的喜怒哀樂、罪與罰、墮落與超脫。

***

這些寫實所透露出的光怪陸離，我在書中寫過，如今柬埔寨境內的平行世界更為深化，景況應該更具張力。不過，有一則故事我在二〇〇五年時未曾寫下。滄海桑田，如今提筆，應該已無傷於人。

臺灣著名的黑社會組織「竹聯幫」出過一位傳奇領袖陳啟禮，我在柬埔寨工作期間，曾受惠於他的協助。長話短說，一名臺商占用了我們工作站的車子，我無計可施，轉向一名在柬埔寨闖地耕稻的臺灣媒體前輩求援。該名前輩告訴我只有陳啟禮能治這類臺商，但他也說像我們這種從事國際援助的民間組織是「白道」，而陳是「黑道」，白道不方便直通黑道，所以由他幫我去說。沒幾日，車子就還回了。這真是幫了我一個大忙。

我自然明白黑白兩道分流的道理。不過，事後陳託人轉達邀請我們去他家時，我仍欣然攜禮上門致謝。陳啟禮很明白地說，他非常佩服我們在柬埔寨的工作，有任何需要可以直接找他，也歡迎我們隨時去他家玩，包括使用他家的游泳池。他對我們的善意，就像許多臺商對我們的誠意一樣，表達出與尋常臺灣人往來的鄉愁。

但我在柬埔寨期間沒再上門過。世事難料，我最後一次拜訪陳啟禮的金邊住家，竟是離開柬埔寨之後的事了。離開柬埔寨後，我回臺擔任記者。二〇〇〇年六月，柬埔寨臺商協會會長遭人殺害，攪動臺灣與柬埔寨的政治神經，各種傳言四起。我被報社派去金邊，一大群臺灣媒體也同時出動，語言不通、文化與政治差異懸殊，但臺灣電子媒體在異地仍慣常採用臺式採訪風格，見到柬埔寨檢警出來，便蜂擁而上，以麥克風撞向人臉，然後七嘴八舌提問，有人甚至用中文，沒錯，用中文詢問。

該名檢警臉色大變，旁邊的警察憤而拿起真槍實彈的步槍，一副你再鬧我就上膛的架式。臺灣媒體在自家當老大慣了，出於慣性與無知，沒在怕的樣子。但柬埔寨可不是民主國家，那些軍警的怒臉看在我眼裡真是令人膽顫心驚。我馬上趨前採用柬式禮儀，使用尚可溝通的高棉語跟那些荷槍實彈的軍警道歉，並拜託臺灣媒體趕快閃人。本來那些大無畏的臺灣記者似乎還不想撤，直到我說：「你們再不走，到時他就算不抓你，也會沒收你的攝影機。」勇敢的臺灣媒體才悻然退離。

該名臺商協會會長被殺的新聞，在此不贅言，總之是件複雜的商人內鬥。欠缺當地消息管道的臺灣媒體大多無計可施，只能等待柬埔寨警方的消息。記者出差在外，沒有新聞傳回臺灣，不好交差。於是，有媒體提議去採訪陳啟禮的住家。說也奇怪，向來甚少接受媒體訪問的陳啟禮，居然毫無猶豫地敞開大門，親自迎接像觀光團般的臺灣媒體，帶領大家參觀住處，而且幾乎有問必答。

可能是氣氛太好了，突然，一名無線電視臺的菜鳥女記者要求參觀陳啟禮的「軍火庫」。聽到這請求，我很訝異，更沒想到陳啟禮居然立刻微笑答應。我還記得自己走在人群後面，和陳啟禮當時身邊最親近的小兄弟在一起。我低聲問：「給這麼多人看槍枝，這樣好嗎？」小兄弟難得地回我話：「不好！」然後面色凝重地看著前方簇擁的人群。

我當時的感想是，陳啟禮就算仍是江湖大哥，也老了，想家了，他八成想與媒體親善，看看能否增加他獲准返臺探望老母的機會。只是，該家臺灣無線電視臺的新聞在柬埔寨也能夠透過衛星收看，隔天，陳啟禮家中藏有軍火的新聞畫面傳遍柬埔寨。不論陳啟禮當時與柬埔寨高層有何瓜葛，光是他以軍火示人、公開挑戰柬埔寨政府權威，就足以讓他倒臺，立刻被柬埔寨武警抓入大牢。

因為臺商協會會長被殺而湧入金邊的臺灣記者，馬上把焦點轉向「竹聯幫」大哥陳啟禮在金邊遭逮捕的大新聞，又忙得人仰馬翻。我清楚地記得，當陳啟禮從警局出來被帶進車子坐在左方後座時，我就站在車子附近，他認出我，雙手被扣住的他自然也沒權利打開車窗。他貼著車窗對我用唇語說：「幫我找律師。」我愣在那裡，心裡五味雜陳。我是個客觀中立的記者，也曾是受惠於他的民間組織工作者，我能接招嗎？我有何能耐接招？更令我困惑的是，他怎麼會找我呢？他已經無路可走、病急亂投醫了嗎？顯然是的。

陳啟禮終究未能以活虎之姿離開柬埔寨，二〇〇七年病重，赴香港就醫未果逝世。當年遺體返臺火化，喪禮驚人地隆重，治喪委員會名譽主任委員就是當時立法院院長王金平。我曾經守著那條白道黑道界線的謹小慎微，在看到新聞的那一瞬間，對照著現實的政經戲臺，成為我心中自嘲的笑話。

＊＊＊

這段往事，為我的東埔寨經驗下了適切的注腳：我對移動可能造就與見證的善與不善，體驗深刻。人情冷暖與世事道理並非黑白分明，但貧窮與炫富、不堪與光采、期望與夢碎的一線間卻常寫實得令人疼痛。臺灣或其他地方華人對異文化的無知與不尊重，也常令人瞠目結舌。

人類學於我，是一種生命眼光，遠勝於一類學術語言。但我對人類學精髓的衷心體悟，是在東埔寨開花，「後東埔寨時期」才陸續結果，《東埔寨旅人》與《我的涼山兄弟》都是受惠於東埔寨移動經驗的花果。從東埔寨到涼山，我以不同姿態移動探索這個平行世界，以腳跨越，用心理解，借文字表意。我有幸看到的多元平行世界，充滿了苦痛與驚喜，滋養了我，讓曾經年輕困惑的心逐漸昇華。

從青年到中年，書寫是我理解與介入這個平行世界的方式。但求並非碎語主觀與情緒，而是期待記錄自己理解差異後的感想與反省，才不負我曾大言不慚地說過，「人類學活在我的眼睛與血管裡。」

修訂於二〇一九年七月

第一部

柬埔寨旅人

儀式尚未完成——我的柬埔寨記憶

（《柬埔寨旅人》原序）

一九九八年，我終於有機會前往嚮往已久的東南亞工作。當時我還在香港《明報》擔任駐臺特派記者，一九九八年柬埔寨第二次民主大選後一週，我抽空去了這個舊稱「高棉」的國家觀察一趟，並決定了我未來兩年在柬埔寨的工作計畫。就這樣，我離開了上山下海、跑遍全臺的有趣記者工作，接受了每月津貼只有我原來工作四分之一的條件，提著一個皮箱來到了柬埔寨，加入了「臺北海外和平服務團」柬埔寨工作隊。當時，服務團有三個計畫，一個是教育月刊計畫，另一是遊民職訓計畫，而我接手的戰後小學教育重建計畫是唯一常駐鄉村的計畫站。能接手這計畫令我雀躍，讀人類學的我，很期待深入當地人的日常生活。在此之前，我也有機會選擇服務團位於泰緬邊境甲良人難民營（Karen Refugees）的計畫，但我更想見證一個快速變化的社會，所以選擇了柬埔寨，而不是去泰北難民營。這一決定，改變了我後來的生命路線。

我自清華大學社會人類學研究所畢業後，對東南亞研究非常有興趣，一九九六年還曾想過報名東南亞研究的公費留學考。當時的我對東南亞的瞭解近乎於零，為了準備考試我覺得必須閱讀中文書，不然考試時連地名都不會寫怎麼辦。所以我跑了中央圖書館（今國家圖書館）、臺灣分館（今國立臺灣圖書館）以及各大書店尋找東南亞研究方面的中文書籍，結果發現我找得到的書籍所寫的歷史都終止於一九七〇年代，那正是東南亞面臨劇變的年代，但之後那塊區域的發展軌跡，在當時的中文書架上一片空白。現在，臺灣的東南亞研究已陸續展開，而坊間也出版了不少東南亞的旅遊類圖書，但多是翻譯書籍，少有臺灣作者撰寫的非學術研究的深入報導。

人類學活在我的眼睛與血管裡，我在柬埔寨期間就有撰寫田野雜記寄給臺灣友人的習慣。二〇〇〇年，我對所謂的第三世界國際發展的疑問大到無法以我當時既有的知識解套，決定繼續我的人類學夢想，並期待圓夢的同時，我的困惑能得到解答。所以我離開了柬埔寨的第二個工作，就是在金邊的高等研究院人類學愛滋病研究計畫的實習工作，帶了三只皮箱回到臺灣，裝滿了一堆歷史、發展與愛滋病研究資料，當然還有一些我喜愛的柬埔寨工藝品。只是，有限的行李箱，滿滿的記憶裝也裝不完。

回臺後，我立刻投入工作並準備赴美專攻醫療人類學，柬埔寨的一切迅速且無奈地遭到擱置。回憶被擱置的期間，我經歷了一段不短的混亂狀態。後來，我自己和友人都發現，我之所以如此混亂，是因為我還留在東埔寨的田野裡。我還沒走出來，儀式尚未完成。

在我行將前往中國涼山展開研究之際，我終於寫出了我的東埔寨記憶。儀式一擱就是四年，我終於出關了，總算能夠騰出心力前往另一個地方，經歷另一段長時間的生命了。

回頭冥想那段歲月，撩起本已遺忘的情緒，雖不復當年強烈，依舊令我一陣恍惚。這部塵封多年的紀錄影片，沒能按時間順序放映，老舊的東西特別有自己的邏輯，喜歡在不同的空間裡尋找痕跡。時間，已沒多大意義，終究，過去都屬於過去。過往不盡然都是一逕喟嘆，生命嗜調自己的滋味，即使在最憂傷的時刻，也能擠出一臉苦笑；開懷大笑之際，也不棄忘人世辛酸。節奏有它自己的姿態，即使年紀未老也需要緩慢，歷經滄桑也仍有激動時分。就看記憶先從哪格膠捲跳出吧！

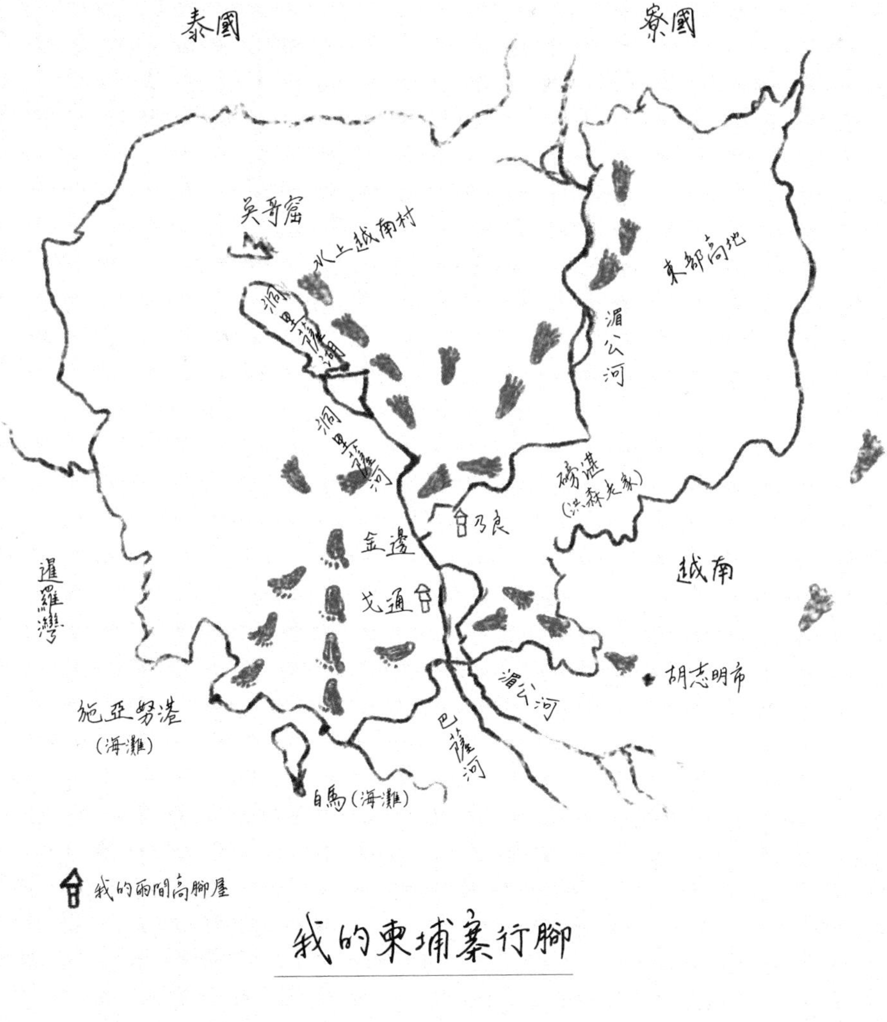
泰國
寮國
吳哥窟
水上越南村
東部高地
湄公河
洞里薩河
磅湛
(洪森老家)
乃良
金邊
戈通
越南
暹羅灣
胡志明市
湄公河
施亞努港
(海灘)
巴薩河
白馬(海灘)
我的兩間高腳屋

我的柬埔寨行腳

巴薩河畔

我懷念那間河畔的高腳屋。

在巴薩河（Bassac River）畔，二層木板建造的高腳屋，樓上有個小房間，地板縫隙很大會進光，往下望能看見小管家英（Imm）在掃地、小孩跑來跑去，那間原是加蓋給管家住的房間，我在那裡住了近一年。選擇那個房間，是因為河邊的晨光夕陽都進得來，我喜歡光亮。只是，每回換衣服時，都得低頭留心有沒有人正好從地板下經過，偶爾一隻雞溜達覓食路過，也會讓我嚇一跳。

每天清晨，我揭開隔離瘧蚊、登革熱蚊的掛帳，借著晃動的燭光，拉開客廳地板上一塊防盜木板，然後走下通往廚房的樓梯，打開栓上的雙扇木門，迎著河面吹來的晨風，打個哆嗦，開始費力地從沉重的飲用水罐中倒出足夠水量，走出屋後，站在木板搭建的小陽臺上，對著河面刷牙。

這裡是距金邊南方五十七公里遠的甘丹省（Kandal）戈通縣（Koh Thom），Koh Thom意為大島，是由巴薩河圍出的一塊行政區。巴薩河是湄公河（Mekong River）和洞里薩湖（Tonle Sap）匯集後再分出的支流，是條深綠色的大河，從我屋後看有幾十公尺寬。刷完牙，再從水缸中舀出一盆水洗臉，水面上漂著昆蟲和樹枝浮葉，都是從河裡打水上來時一併挑起的雜物，為避免把這些浮游物潑到臉上的撥水過程，就會讓我不得不清醒了。

通常英這時也起來了，然後我們各自開始準備早餐。我們的習慣不同，我最愛水煮鴨蛋和馬鈴薯，再加一粒總是酸得讓我皺眉的柳橙。鄉下買不到雞蛋，因為都被蒐購到金邊市裡去了。城裡人不吃鴨蛋，真是可惜，沾上粗鹽椒粒的鴨蛋黃，特別有滋味。英的早餐很奇怪，她常一早就吃鄰居大院樹上掉下來的土芭樂，我吃過一次，澀得無法入口，但英總是邊吃邊笑，我真不懂這個當年只有十八歲的女孩。

第一次見到英，是我初到這鄉下工作站的第一天，車子進入鄉間爛泥小徑沒多久，我就看到她站在這間高腳木屋樓上前臺，領路的當地工作人員介紹說是從村裡找來幫忙的小管家。白白秀氣的英看來有華人血統，穿了條橘色與咖啡色的大花紗籠裙，不笑，噘著一張嘴，眼睛頑固地不知在看什麼。我覺得她看起來挺有意思的，不像我接觸過的其他柬埔寨女子，總是對外國人笑盈盈，那些笑容中摻雜了討好。所以第一眼，我就對英有好感。只不過，她的倔強還真是貫徹始終。後來發現，我其實是找了個看家的而非管家，她不會煮飯，成天在泥土地上掃那永遠不會無塵可掃的地。第一次透過身形矮小的男助理哥索（Kosal）翻譯，拜託她把丟棄在河邊的各式垃圾清理乾淨，並停止把塑膠袋丟到河裡時，被她白了一眼，回嘴說村裡人都這樣做，不丟河裡丟哪裡？待我受不了，自己下河去撿垃圾時，鄰人圍觀，她才來幫我清理。

我工作的地點涵蓋戈通地區的所有小學，工作基本上是擔任服務團與柬埔寨教育部、國際組織及學校之間針對計畫相關事務的協調工作，有時也擔任培訓訓練員（the trainer of trainers）的工作，主要的計畫內容包括：提供當地六個資源學區共三十五所小學的校舍整建、規劃教材及教具工作坊、培訓師資及教育行政人員。戰後學校教育重建的重要性，可從師資貧乏的嚴重性看出。根據聯合國一九九一年的統計，波布（Pol Pot）恐怖統治期間，焚書坑儒，學校教育終止，一九七九年赤柬（Khmer Rouge）時代終結時，柬埔寨各地僅剩不到三百名的合格教師。

戈通地區的學齡兒童有二萬六千多名，但為數不少的小孩家境困難無法就學，因此，我的工作計畫還包括贊助該區四百名六至十五歲因家貧而無法讀書的孩童上學。很多朋友都以為我是去柬埔寨當小學老師，真是美妙的誤會。即使我後來陸續學會了柬埔寨話，但對那源於印度梵文、舞動優美的柬埔寨文字我是全然沒轍，我才需要去柬埔寨上小學

學習說聽讀寫哩！不過，因為我的計畫也包括贊助失學的小朋友讀書，所以我曾開玩笑地和朋友們形容，我就像是童話故事裡的「吹笛手」，當我的笛音響起，小朋友們就會尾隨成一列上學去了。

戈通最窮的區域在巴薩河的東岸，我所居住的村子在河西岸，交通較方便，以柬埔寨的標準而言並不算窮，但還是有不少窮人。和當地教育局官員商討如何選擇贊助失學兒童時，我們判斷貧窮與否的標準，不是問有多少收入，在農村，現金收入不多。一般而言，戈通窮人家的月收入在六萬柬幣（約合十五美元）以下，平均皆為三、四萬柬幣，即不到十美元。我們採用的判斷貧窮的標準包括：茅屋屋頂、沒有耕牛、少於半畝農地、沒有拖拉機、月收入低於三千柬幣（不到一美元）等。最後，從東岸二十一個村落中找出了四百名特別困難的小朋友做為資助對象。

我的房東是柬埔寨教育部高官的親戚，四周鄰居也都是木屋，有些是平房，有些也是高腳屋，但都沒有我這間高腳屋大。村落邊區則有不少茅屋。村裡人家都在屋外養雞，有些也養豬。豬不是關在圈裡，而是像小狗小貓一般，白天都在村裡散步吃草，粉紅色的小豬，熱了就在水窪裡打滾，看來日子挺逍遙。村裡的公雞很盡責，天亮之前肯定大鳴大放。不過，女人家起得比公雞還早。

我的高腳屋非常靠近入村的爛泥路口，路旁左側有間約兩個榻榻米大的半高腳小屋蓋在田邊，離地面僅一米高，屋高則不到兩米。說是小屋，其實只是一間鴿舍般大小的房間，一位自波布時期便守寡的老婆婆獨居在此，屋裡掛滿了拾荒而來的各式瓶罐器皿，村人有時會接濟一些食物給她。每回走路經過這間小屋，都會聞到食物腐敗的氣味。週五回金邊前，我會把未被老鼠啃盡的肥皂、食物清一清拿去給老婆婆。她沒有門，只有一塊破舊髒臭的大布簾遮著，每回掀開布簾，總見她蹲坐屋裡喃喃念經。柬埔寨是個小乘佛教國家，念經禮佛先於樂善布施，再窮的鄉間都有佛寺、寶塔，有錢人在廟裡廣建浮屠，卻不見出錢造橋鋪路興學。老婆婆總說菩薩會保佑我的好心。我不知道，她成天念佛，菩薩有保佑她嗎？

村裡沒有自來水，都是接引或挑汲巴薩河水來用，洗澡、洗衣、飲水、戲水全靠這條大河。我大約兩星期請人抽引一次河水，裝在幾個大水缸中，灑入明礬沉澱水質，再把水舀入狹小衛浴空間裡的儲水池，由於水池並不隱閉，所有的昆蟲樹葉都落得進來。每天傍晚前，我就是舀著一瓢瓢摻了雜物的河水，往曬得滾燙的身軀灌下沖涼。聽說曾有個臺灣義工不敢使用這漂浮著昆蟲屍身的河水洗澡，到達的當晚便將所有的飲用水拿去洗澡用光，氣得工作人員只好隔日便將她送走。

村裡接有電線，但並非人人負擔得起電費，多數人仍是用蠟燭、油燈。有錢人家可自用馬達發電，馬達動起來時可真是震天價響，全村都聽得見。除了愛喝酒打屁的男人們偶而遲睡外，村民多早睡，夜間七時後便陸續熄燈熄火。初來乍到的當晚，我還不熟悉這間高腳屋，在入夜後的全然黑暗中踩空了最後一節木梯，扭傷了腳踝，第二天清晨，一拐一拐地在村裡行走，在早市裡和村民比手畫腳為我的早餐做起買賣來了。我的名聲很快傳遍村裡。也難怪，一個跛腳的外國人在農村，想隱姓埋名可不容易。

在路上遇到的老人家喜歡停下來和我說話，但我沒一句聽得懂，可他們總說得特別起勁。男人家多不和我說話，可能忌諱我的女子身分，女人家見著我總是吃吃笑著。我喜歡小朋友，尤其是那些成天盯著我看的小孩。我對門鄰居院內有幾株巨大的芭樂樹，我常和小朋友一起打芭樂，只是打下來的芭樂我可不愛吃。

那個才剛會跑的小鬼頭，自從我住進了這間高腳屋，他每天除了睡覺，就是在院裡玩耍、盯著我的屋子看，只要見著我在看他，他就笑。我總是遠遠地和他打招呼，幾天後，我想我們該是朋友了吧！就走進他家，誰料他驚恐地哭號了起來，衝進屋裡。他母親半拖半哄地提著他出來，說了一些似乎對我頗為友善的話，但沒有用，他繼續哭。我聳聳肩，只好苦笑著離開。後來和友人提起這段挫折經歷，他說你們亞洲人還好哩！他一個白人朋友在非洲工作時，還不用靠近，遠遠就可以把當地黑人小朋友嚇得屁滾尿流。亞洲人外形上的相對不恐怖，我後來在馬拉威與聖多美普林西比時，的確領教到了，和白人比起來，黑人小朋友好像比較不怕我。

我自己煮飯，洗衣服，上鄉間小路的早市買菜。我就是在這鄉間變成素食者的。因為沒有電冰箱，我早晨上市場買的肉，大熱天的，傍晚回來後就發臭了，那味道令人作嘔，把肉丟掉，然後英又撿起來煮了吃。不是英太儉省，而是她覺得我太浪費，當地人就是吃這樣的肉。一、兩個星期下來，我就不再買肉了，後來吃菜就變成了習慣。我成天吃馬鈴薯、紅蘿蔔和空心菜，吃到有一陣子紅色素太多而皮膚發黃。

因為人力非常便宜，外國人甚少自己打點三餐，總會僱用管家煮飯。沒多久，我的鄰居開始覬覦月薪四十美元的管家一職。我那依仗外國組織威風的助理哥索，一有閒就到村民家吃香喝辣，吃人嘴軟，終於某天來替對門鄰居說項了。他說，英沒用，不能替我煮飯、洗衣，而且手腳不乾淨，如果是我的鄰居來做管家，會把我伺候得很好。我聽了，心裡大怒，但裝作沒事。我說，不是英不勤快，而是我喜歡吃自己煮的飯。還有，我都不知道英手腳不乾淨，他們不住這屋子怎麼會知道？而且，英是個小姑娘，還沒出嫁哩！把她辭了，以後她在村裡怎麼做人。我反問，在柬埔寨鄉下，一個人的名聲是不是很重要啊？說得哥索不得不在嘴上也替英說說話，儘管他難以掩飾未盡其功的不悅臉色。

這些傳言不知如何傳到英耳中。某天一早，我正對著大河刷牙吃飯，她氣呼呼地說了一堆話，我完全搞不清狀況，只好敲哥索的房門把他叫起翻譯，他顯然前夜又是和村裡的男人混在一起喝到很晚才回來，酒氣濃重。通過翻譯，我才知英是在抗議說自己沒有手腳不乾淨，我不知哥索翻譯是否盡實，但在我說了我沒相信別人的話後，英笑了。這個小姑娘，有個性，想說什麼就說什麼。

當晚，我拿著柬文課本和字典，拼湊著字眼問她想不想繼續讀書。她在家裡也沒事做，如果有興趣，我幫她出學費讓她再去村裡唯一的小學讀書寫字，我們也不用總是比手畫腳、畫圖溝通，還是分不清指的是鵝還是鴨。她回說才不要去學校和小鬼頭混在一起。英的反應，讓我日後在乃良（Neak Loeung）開辦村裡非正式教學時，意識到得把十四歲以上的大女孩和小女孩分開授課。她們覺得自己是女人了。

柬埔寨的女子，從小就穿裙、愛美，和很多所謂落後地區的民族，尤其是少數民族一樣，再窮的女孩和女人也會戴著耳環或其他飾物。我常常在一貧如洗的鄉村看到光著上身、下著長裙的小小女孩，掛著鼻涕，髒兮兮的耳上吊著漂亮墜子。柬埔寨匯合了吉

蔑（高棉人之古稱）、中國、南洋、暹羅、印度等區域的血統與文化影響，各方交集的地理位置注定了這個國家的崛起與衰落，佛教和印度教在此折衝，創造出世界七大奇景之一的吳哥窟。印度教的影響尤其表現在藝術、舞蹈方面，柬埔寨女子跳起舞來就像印度教畫中的婀娜仙女。但在崇尚美白的亞洲世界裡，一般而言，膚色較深的柬埔寨女子，在亞洲的性（別）交易上可不討好。

金邊北方邊陲地帶有一塊極其破敗、供當地男人消費的紅燈區，一條荒廢的鐵軌隔離出柬埔寨區和越南區。同樣處於社會底層，柬埔寨區的收費更低一些，一九九九年時的價錢，一次性交易不到臺幣十元，原因就是柬埔寨女子較越南女子黝黑。在亞洲新娘輸出的市場上，柬埔寨新娘的收費也最低。在臺灣大量引入越南和中國大陸新娘之前，柬埔寨新娘一度湧入臺灣，只是很多被人口販子騙入地下性產業。這種現象，導致柬埔寨強人首相洪森在一九九〇年代末期就公開禁止柬埔寨新娘嫁到臺灣，並抨擊臺灣的人口販賣。因為洪森的禁止，加上臺灣婚姻仲介業者也將重心轉移到越南、中國大陸等地，柬埔寨新娘人數在臺灣的確銳減。

只是我從沒料到，英居然也被捲入嫁到臺灣的風潮中。對於此事的無能為力，是我在柬埔寨經歷的第一次傷痛。

在柬埔寨待了半年多後，年過九旬的奶奶跌倒住進加護病房，狀況危急，我接到電話後當即趕回臺灣。半個月後，我回到戈通鄉下，愕然發現高腳屋上鎖，一開門，屋內的積塵告訴我許久未有人住了。終於找到英的家中，英的母親說她嫁到臺灣去了。晴天霹靂！問英嫁到臺灣哪裡？有沒有電話？她母親拿出一張皺巴巴的、撕了一半的紙張，說上面寫了英在臺灣的電話號碼。拿過一看，心涼了大半截。鄉下人沒打過電話，不知道那所謂的電話號碼根本就是金邊的區域號碼。我後來試著找當地人幫我打過去問，對方全然否認辦理婚姻仲介，一問三不知。我又回到鄉下找英的母親，她交給我一張模糊不清的臺灣男子身分證影本，只能辨認出該男子的長相和居住市區。那名男子，吊著眼，看起來有些身心障礙，住在高雄楠梓區，除此之外，我全然找不到其他資訊了。英的母親說她們收了五百美元的聘金。不知她說的是否屬實，但我至此已全然心死。

一想到像英那樣個性的女孩嫁到臺灣，就讓我很難再繼續待在那間高腳屋裡。後來陸陸續續發生的一些事件，我開始調整在戈通的計畫，終於不再回到那間高腳屋。

英離開後某天，哥索告訴我河裡撈出一具屍體，原來是河對岸的村中，某寡婦人家住在法國的親戚寄來一筆錢，聽說不過一、兩百美元，但在貧窮的鄉間可是一筆大財，寡婦情夫為此殺人，還把屍體裝在麻袋中並綁上大石頭沉入河底，沒想到屍體在河底漂流了幾天，居然還是浮上水面，就在我的廚房可看見之處被人發現。我不記得該寡婦的小女兒怎麼了，只是從此，我對著河面刷牙吃飯的興致蒙上了一層陰影。

一九九八至九九九年的雨季特別冷，冷到只有攝氏二十幾度，報上說低於攝氏二十五度時就有可能凍死人。在這一年四季如夏的熱帶國家，鄉下人成天打赤膊，很少有外套、厚毯，住在破敗的茅屋中，二十五度凍死人不無可能。我也沒有保暖衣物。某晚河面刮上來的颼颼冷風，從地板縫隙中吹上我只鋪著一張草蓆的床板，又想到那被扔到河裡的寡婦屍體，我冷得背脊發涼，一夜無眠。第二天回到金邊，連發了四天高燒，是我這輩子發燒最高最久的一次。

又隔了一陣子我才回到鄉下，沒料到房東自作主張在高腳屋四周築起水泥高牆與鐵門，他的理由是這樣對外國人比較安全。我氣急敗壞，簡直不願再跨進那屋裡了。我不想在村中如此招搖，但是不少當地人總是把外國人捧得高高在上，主動討好，而多數的外國人，尤其是法國人，的確要求或接受這種討好。我住在這間圍牆立起的高腳屋，相較於河對岸的貧窮狀況，我的心裡愈來愈不舒服。

就在我漸漸難以忍受發生在高腳屋周遭的事情時，服務團戰後資源學區發展的三年計畫正好告一段落。柬埔寨全國小學教育重建的做法，主要採行聯合國兒童基金會

（UNICEF）於拉丁美洲發展出的資源學區（Cluster）概念，由五、六間小學組成一個資源學區，然後以中心點的小學為核心學校，主要的資源集中在此間學校，與其他衛星學校共用。這套制度原意是在鄰近的學校與社區範圍內，讓有限的資源獲得最大效益。但在腐敗的國家裡執行此一概念，無疑是在已夠繁複的官僚體制中再加上一級。絕大多數的國際援助資源由中央開始分配，再到省、市、村落、核心學校、衛星學校、教師，最後才是學生。層層篩網的結果就是老師與學生能享受的資源已所剩無幾。

我考量該村實際上雖已能自給自足，但腐敗官員已收慣好處，愈來愈不成事，於是決定撤出這座村莊，在協助對該村有興趣的其他外國組織抵達並開始調查後，我便開始尋找其他合宜且能施力的地點展開新計畫。

就這樣，我離開了戈通的這間高腳屋，體驗深刻。來到柬埔寨這個前法國殖民地，面對的不止牧歌式的異國情調，這裡有深到歷史骨裡的悲苦落後。我不曾後悔離開那個村子，但我真的懷念那間高腳屋，那巴薩河畔的夕陽，還有那機關槍一般的壁虎叫聲，曾伴我燭光下寫家書的形單影隻。

季風雨

這個國家的平坦，讓來自臺灣喜愛登山的我，眼睛有些寂寞。柬埔寨以平原為主，和其他中南半島的國家不同，無山脈南北縱行，僅有東北部與寮國、越南接壤處有丘陵地。無障礙的地形注定了易受外力侵襲的命運。氣候分乾雨二季，西南面臨暹羅灣（Gulf of Thailand），境內河湖密布，熱帶地區的季風雨（Monsoon）來臨時，整個國家大半泡在水裡。

自五月到十一月的西南季風雨季期間，那說來就來的狂風疾雨，每天必定造訪個一時三刻。不似梅雨綿綿膩膩，季風雨乾脆俐落，來去倏忽。我很少看到柬埔寨人下雨撐傘，要淋則淋，不然躲一陣也不礙事，至多用紅紅綠綠的高棉巾裹住頭，該做的事繼續在雨中做。打傘，多麻煩，在柬埔寨那是和尚才做的事。

柬埔寨沒有地震、颱風，最大的自然災害是季風雨帶來的水患。雨季期間，許多鄉間田野頓成水鄉澤國，原本已是行路難的泥路更加寸步難行，輪胎陷在土裡車子動彈不得是家常便飯。鄉間許多村子一到雨季便成孤島，田間成水塘，得靠小舟渡過。但並非人人負擔得起頻繁的行舟費用。孩童無法上學，老師無法到校。我後來工作的地點在湄公河畔，附近一座村莊每到雨季孩童便休學，每半年的休學導致許多小孩隔年回校後程度跟不上，只好重讀原來的年級。就這樣，我碰過一些小朋友，一年級就讀了三個回合。

因為貧窮，柬埔寨鄉間一年級小學生的重讀率高達四成以上，只有一半的小學畢業生能夠進入中學就讀。超高的重讀率與輟學率導致只有千分之二十幾的學生能夠讀完小學和中學。水患問題無疑使學習的困難更為雪上加霜。

不僅鄉間有水患之苦，排水系統極差的首都金邊景況也好不到哪裡，大雨過後一片汪洋，汽車、三輪車、腳踏車、摩托車全都泡在水裡，常見車夫推著拋錨的摩托車涉水回家。我也碰過這情形，水中推車真是費力狼狽。聯合國發展署（UNDP）前的那條巷子最糟糕，逢雨必淹，在金邊工作的外國人常譏笑那裡的「發展」最落後。

古時候，雨季期間絕不會有任何軍事活動，也無法下田幹活，男子多在此時出家修行。小乘佛教是柬埔寨的國教，和泰國一樣，傳統上許多男子會出家一段時日。季風雨深深影響了柬埔寨人的節慶和日常作息。

金邊正好是柬埔寨境內三條大河的匯流處，王宮前方的大河往北是洞里薩河，往南則是巴薩河，過了日本橋（Japanese Friendship Bridge）對面的小島則又是湄公河了。洞里薩河是一條奇特的河流，印象中是世界上唯一一條會隨季節改變流向的大河。十一月至五月的非雨季期間，洞里薩河就像所有大河的支流一般，東南方向湧入湄公河。雨季期間，洞里薩河水位暴漲，水流則轉向注入柬埔寨北方的洞里薩湖。洞里薩河水流轉向期間，差不多正好是最盛大的送水節（Water Festival），來自全國各地的上百艘龍舟匯集至洞里薩河競賽，全國各省的民眾也紛紛湧入金邊，替自己省分的比賽隊伍加油。據稱十分之一的柬埔寨人口都會來到金邊觀看送水節龍舟比賽。

季風雨之外的季節，十一月到隔年三月的乾冷季，是一年之中最舒爽的時節。雨季來臨之前的四月是最令人煩躁不安的時候。潮溼鬱悶的水氣還未形成雨勢，屋裡坐著不動也汗溼全身。沒有冷氣，把自己停擱在電扇前完全無濟於事，但遇上經常性的斷電，沒了風扇，看著戶外靜止不動的樹葉更令人抓狂。那種除了冷氣房裡無處可逃的悶熱，真是難以形容。難怪五月季風雨的強勢造訪，會令人手舞足蹈。小乘佛教的潑水節，就在悶熱的四月，也許和我們的端午節有異曲同工之妙，灑水可以消暑解熱除瘴氣。

柬埔寨人親水的天性讓他們期盼雨季，下雨時分的柬埔寨最能展現其新鮮、純樸的一面，美好的事物如雨後春筍般迅速冒出。小孩下雨時不喜待在家裡，雨是他們最好的遊戲。大雨傾盆而下，小朋友衝出家門戲水，用小手、用碗瓢盛接樹枝、屋簷滴落的雨水，和老天爺一起澆水在自己和旁人身上。一群群小孩像小動物般相互依傍，在地上聊天，任雨落下，小小孩坐在吊床上晃呀晃，小小的臉孔望向天空，光是看著雨也笑得好開心。

只有那個湄公河上賣口香糖的小女孩，是我最苦澀的雨中記憶。

我第二個工作地點在金邊東方波蘿勉省（Prey Veng）的乃良，位於湄公河東岸。從金邊東行至波蘿勉，要跨越湄公河。河上無橋，只能靠渡船。你看過法國電影《情人》（*L'amant*）嗎？男主角梁家輝在越南境內湄公河的渡船上遇見女主角珍・瑪奇（Jane March）。這裡的渡船就和那電影裡的渡船一樣，汽車直接開上去坐船過河。我非常喜歡從江心眺望壯闊的湄公河，那種豁然開朗是大陸國家才有的大河景致。只是，渡船上擁塞各式人馬，紊雜髒亂，沒有影片中的唯美浪漫。

連車帶人渡河一趟約需臺幣一百元，所費不貲，因此來往的車輛多是國際組織用車、貨車或前往越南的小巴遊覽車。摩托車、自行車及行人更是摩肩擦踵。渡船口的市集充斥乞丐、小販，賣的多是切塊的水果如鳳梨、甘蔗、裝在冰桶裡的汽水、甜甜圈般的麵包，還有烤小鳥。氣味雜陳。很多小販都是孩童、女人。車子一停駛，小販的臉就會貼滿四面車窗，他們會敲打玻璃要你搖下窗戶。若是表現出購買興趣搖窗探頭出去，原本不以你為對象的小販也可能轉向，不斷敲打車窗叫賣直到渡船到岸、車子離去為止。渡口排隊等船時，偶爾我會下車透氣，但過不了多久，就會為逃離小販的窮追不捨而回到車上。渡船靠岸時，船上行人蜂擁而下，然後摩托車、腳踏車和汽車陸續奔馳而去。上船時則相反，汽車一夫當關，然後是摩托車、腳踏車和行人魚貫登船。

船上也有小販兜售，最常見賣口香糖的小孩。他們賣的都是青箭口香糖，很甜，通常一包口香糖吃了一片就被我擱著，天熱潮溼，不消多時，口香糖就會黏在包裝紙上，有些噁心。所以我很少買口香糖。

但是那天我買了，在滂沱大雨中買了口香糖。

雨季的某天中午，在渡口等船過河時，下起傾盆大雨，乾脆讓雨刷休息，因為雨勢大得怎麼刷也沒用。狼狽地上船後，我排在三列車陣的最左邊，偌大的雨滴敲打車身的聲響震得我意興闌珊，這麼大的雨什麼事也做不了。不知道那小女孩敲了多久的車窗我才聽見。有人敲窗，我直覺的反應是，有人賣東西，不要理會，但突然想到下這麼大的雨能賣什麼東西呢？仔細一看，是個瘦弱的小女孩，十一、二歲吧！長髮被雨淋得遮住臉龐，她的頭低垂，我知道豆粒般大的雨點打在身上，很痛的。她的眼睛在雨中掙扎著努力張開，看著我。我也看著她，隔著雨水不斷滑落的車窗，模糊不清。我看見她的左手一直向上舉著，手上套著一個透明的塑膠袋，袋中的手指抓著一條不到臺幣十元的青箭口香糖。

我猶豫了一會兒，沒有買，除了對口香糖沒興趣外，窗子一旦搖下，車內肯定立即淹水。那個小女孩的左手繼續向上舉著。她淋得不能更透了，口香糖比她自己還重要。想到這，我於心不忍，終於把車窗搖下，遞給她一張溼透的千元鈔幣。當她慢慢地把口香糖隔著塑膠袋遞給我時，我已分不清我臉上的雨水和淚水。我全身淋溼了，車子也浸水了，但那小女孩還在維護著那條口香糖。

慟的文化差異

我從來沒有如此恐懼過，從腳底竄到頭皮的恐懼，逃跑的勇氣都沒有，甚至連移動腳步引起的空氣流動，都帶來更多的恐懼感，黏附在我已毛髮直豎的皮膚上。這充滿怪異氣味的空間裡只有我一個活人。密密麻麻的黑白大頭照片貼滿牆壁，那些受盡折磨的亡者垂死前無助的眼神盯著我，從他們身上剝下的沾滿血跡的衣服堆在玻璃櫥窗裡，牆上是用骷髏頭和四肢骨拼湊而成的巨大柬埔寨地圖。我虛弱無力，害怕得想哭。終於，一名白人男子走進來，我們對望了一眼，在彼此的眼裡看到了驚嚇與支持。突然，華裔柬人阿英姐跑進來大叫我的名字，嚇得我膽都要吐出來，我跑上前緊抓著阿英姐的手臂像找到浮木似的，沒料到她一個突兀動作，讓我全然崩潰。她，居然用右手食指頭，伸進牆上骷髏頭的眼窩中，然後又敲敲骷髏頭的牙齒，嘴裡還發出嘖嘖的聲響，說：「好可怕呀！」

金邊市中心的波布罪惡博物館「堆屍陵」（Tuol Sleng），集人類的恐怖血腥於一處。本是一所三層樓校舍為主的中學，而今，整幢樓的教室堆滿了當年受虐者的人骨。一間間隱晦的刑房擺著當年的刑床，床頭上方，是當時躺在床上令人不忍卒睹的受虐者照片，床前地板上的斑斑血跡仍在。原來該是操場的空間變成墳場。這裡沒有一丁點不可怕的東西。不過，最令我頭皮發麻的，並非那些人骨血跡，而是人的意念與精明——全表現在為虐殺而發展出來的種種匪夷所思的刑具上，令我驚駭至極。離金邊二十分鐘車程遠的郊區外，還有一處「殺戮戰場」（Killing Field），那裡的一座高塔，遠遠就見到玻璃窗內人骨擁塞，黃土堆下更是埋葬了無數冤魂。經歷四年的恐怖統治，柬埔寨保留這些罪惡之地警惕世人。

一九七五年四月十七日柬新年期間，也是北越共黨在南越取得勝利前兩週，年齡多在十五歲以下的共黨游擊隊，步行湧入金邊取得政權，推翻美國支持的腐敗無效率的「高棉共和國」（Khmer Republic），改為「民主柬埔寨」（Democratic Kampuchea），柬埔寨歷史上最慘痛的一頁，一翻就是四年。

一九七五年四月至一九七九年一月柬共黨統治期間，波布宣稱要終結柬埔寨兩千年的歷史，廢除家庭等所有阻撓革命的「封建」制度，在柬埔寨展開激進共產主義實驗，將整個國家翻轉成一座巨大的勞動營。柬埔寨變成了人間煉獄，不到一千萬人口的國家，兩百萬人死於屠殺、過度勞役、饑荒與疾病，絕大多數都是知識分子。數十萬人逃離柬埔寨。此一時期的饑荒，與中國六〇年代大躍進時期的饑荒程度可堪比擬。

光是「堆屍陵」一地，四年間就有兩萬人在此遭受拷問、折磨與處刑。魂魄杳冥，唯倖存近四千份受虐者自白檔案，成為史學家見證虐殺的血淚文獻。

我是硬著頭皮走進罪惡博物館的，只為了瞭解柬埔寨的過去。出來時，我覺得這輩子不可能再有勇氣走進那裡了。我以為，不再靠近那時空凍結的人間煉獄，就能把那恐懼悲慟丟到腦後。我錯了！這個國家，歷史的幽靈無所不在。

一九九九年風和日麗的某天上午，我到巴薩河中央的一座小島拜訪日本義工友人。那裡被稱為「寡婦島」，據說居民都是被安排遷居至此的寡婦及幼兒。島上盡是破敗的茅頂木屋，生活貧瘠。抵達的時候，朋友不在她暫居的荒廢校舍裡，村裡的小孩興致高昂地領著我去找她。一群衣不蔽體的小孩簇擁著我走在田埂上，陽光煦煦，很美麗的一天。

走著走著，看到田中央有一間破破爛爛的迷你小屋，我指著它問小朋友是什麼，小孩們七嘴八舌地叫起來。我沒聽懂，他們拉扯著我的手，把我拖下了田埂向田間走去。到了小屋前，看清了，其實只是一間約兩公尺高的四面木牆搭起的棚子，屋頂漏空，建在黃土堆上。小孩們示意我走上土堆往裡看，我太矮了，看不到。他們又用肢體語言示意我爬牆，我照做，結果，驚嚇得差點跌下來：棚裡是堆疊滿滿的白森森人骨。見我驚恐得說不出話來，小孩們一個個在陽光下笑得燦爛得不得了。那些人骨也是赤柬屠殺的犧牲者。我後來在許多鄉村田間也見到類似的棚子。

我開車下鄉時，常見畫著黑色骷髏頭及「X」的標誌，矮矮地倒立在田邊路旁，那是警告地雷的標誌。清除地雷的組織多屬加拿大和英國，他們就像軍團一般，執行任務時著軍裝、住營帳。我的日本好友Higashi加入英國掃雷組織，我去吳哥窟所在的暹粒市（Siem Reap）找他時，他帶我參觀了地雷工作站及宿舍，像個兵工廠，雄性極了，我很不適應。

鄰近金邊的省分，地雷多已清除乾淨，而與泰國和越南交界的邊區地帶，仍是地雷密布。內戰期間埋下的地雷，多到沒人清楚。即使在金邊所在的甘丹省，部分地區地雷埋布情形仍不明瞭，所以我下鄉時偶爾也會見到地雷標誌。只是，我常看到當地小孩視若無睹地進入警戒區放牛。

這些小孩和阿英姐一樣，他們不是不知苦痛。只是，生活在這樣有著如此悲慘過去與艱苦現況的國家，他們對悲痛恐懼的感受和我不同。

慟，是一種文化差異。在柬埔寨，日復一日，我漸漸克服了這種文化衝擊與差異。

第一次去乃良拜訪後來成為鄰居的「小水滴」(Goutte d'Eau)孤兒院，瑞士組織辦的，瑞士籍工作人員法比歐（Fabio）說這裡收容了二、三十名來自柬埔寨各地不同年紀的流浪幼童。保姆和老師都是當地人，看到外人來訪，一名婦女抱著個小嬰兒走上前來打招呼，還有其他小孩也團團圍著我們。原本興高采烈的我，沒料到看到的是一名缺手缺腳的小女嬰，長得是人見人愛，但我驚懼於那小小的殘缺人形景象；而其他小孩搶著擁抱這小嬰兒，又親又摸的，對於小嬰兒的殘缺似乎無人引以為意。我為自己感到汗顏，但無法掩飾視覺上的驚懼帶給我的心理震撼。

突然間，泰緬邊境甲良人難民營裡「短短」的影像閃過，那是一個天生殘缺的小男孩，出生時就缺少膝蓋以下。我見到他時，他年紀約八歲，穿著一雙大雨鞋，身形看起來短一截，在難民營工作的服務團人員說他因而得名「短短」。雖然少了一雙正常的腿，但見到「短短」時，他正在山坡上的營區裡奔跑，嘴巴笑得大開。「短短」的快樂讓我異常溫暖。想起「短短」，我終於克服了心理障礙，伸手擁抱了這只有小小軀幹的嬰兒。我還是會顫抖，只是願意更靠近一些。

在柬埔寨生活久了以後，和當地人一樣，我的耐痛度愈來愈高，甚至練就了漠然的本事。雖然，最漠然的常常是當地人。長居柬埔寨的外國人大多瞭解，有時，漠然是一種繼續留在這個國家的生存之道。太多的情緒反應，很難待下去。漠然，像是一種必要之惡。

只是，人常是先走過螳臂當車的荒謬階段，重新度丈自己的能耐後，才逐漸走向漠然。

剛到柬埔寨時，我幾乎天天在捐錢，雖然每次都只是臺幣三、五元左右。老小乞丐、被地雷炸掉一條腿的年輕人、病人、遊民存在於所有我經過的空間。我開始學會將一切看在眼裡但不讓自己情緒激動。漸漸的，看到斷肢殘臂的乞丐和流浪的小孩，我也不再給錢。我發展了一套自我邏輯，給食物，不給錢。看到村民修道路，給錢。只是，後來發現，很多時候，給的其實是村民勒索的過路費。最後，我得到結論：不解決結構性的暴力，個人的施捨無法救這樣一個國家。我以為自己認清了天經地義的殘酷事實。

我只對了一半。錯的那一半，差點讓我忘卻了慟是珍稀的人性感受。不止是我，我也看著朋友在掙扎，在消減痛的文化差異與慈悲之間掙扎。

那天晚上，印度好友邁克（Mack）開著他的無門吉普車送我回家時，在轉角巷子口，見到一個小女孩坐在路旁啜泣，手上拿著一個洗臉盆。已是晚上十點了，金邊入夜後的治安很差，我們絕少夜間還在路上行走，遑論停留，小女孩獨自一人在那哭泣，情況不尋常。邁克有著見不得人哭的好心腸，他問我怎麼辦。我明白他的意思，他是要我也下車去和小女孩說話，因為他不會說柬語。邁克和眾多他的聯合國同僚一樣，從來不學柬語。

小女孩說她乞討了一天的錢被強盜搶走了，沒有收入她不敢回家，會被打，又哭得稀里嘩啦。問她乞討了多少錢，她說的數字超過五美元。邁克雖伸手掏腰包，但還是問我覺得如何。我開始理性分析，以柬埔寨人的收入，一天乞討收入五美元，太多了。在乞丐充斥的金邊市，我想像，這樣一個小女孩，不太可能有如此斬獲。

邁克也有些懷疑，但他無法掉頭就走，他說只有五美元，就給個心安吧！好心的邁克同時招來一輛摩托計程車（Motordok），付了車資，要騎士送小女孩回家。望著小女孩離去的背影，邁克還擔心摩托騎士會搶了小女孩的錢。我們也各有所思地回家了。

金邊的某些外國人，尤其歐美人，喜歡搞文藝活動，像是戲劇、詩歌朗讀會等。蘇格蘭友人珍（Jane）尤其活躍，專長戲劇導演。一天，珍辦了個詩歌朗誦會，她知道我偶爾寫詩，邀我參加。我不好意思拿自己的囈語獻醜，選了一首隱地的詩〈寂寞方程式〉，和曾在天津留學的美國友人海蒂（Heidi）一起翻譯成英文。一位英國友人幫忙念英譯文，我讀中文原作。隱地的詩成為當天唯一的非英、法語詩文作品，最受歡迎。下臺時，很多人問，「jimo（寂寞）是什麼意思？」

活動結束後，我們一群人繼續在這間花園餐廳裡喝酒吃飯。週末仍然工作的邁克遲到了，沒聽到我念詩，我向他解釋詩的意思。突然間，我們同時抬頭望著一名美國女人口沫橫飛地說著一個小女孩的故事，邁克高喊，「我也遇到過那個小女孩！」並激動地搖著我的手臂。在場許多人都遇到過這個演技令人驚異的小女孩，聽過同樣的故事，每個人都有自己的心路歷程與處理方式。當邁克對我大叫「我應該聽妳的」時，那名美國女子手持盛著紅酒的高腳杯，開玩笑地對他說：「你應該聽女人的話。」

聽見那美國女人說這話時，我心涼了起來。雖然結果證實我的懷疑與分析是正確的，但我對邁克說，還好你沒聽我的。像邁克這樣出生於印度、拿到美國經濟學博士、長年在國際奔走、看盡第三世界落後但也享有聯合國官員優渥禮遇的人，卻沒有放棄那人性中最基本的同情。我但願自己和他一樣被騙，而不是被自以為是的理性囚禁。

失去痛感，理性寂寞。我沒能克服痛的文化差異，悲慟始終存在。

週末晚餐，我和同事艾瑪（Emma）常開著辦公室的Pickup卡車去金邊一間中國東北人開的餃子館，我們最喜歡芹菜葉做餡的水餃和豆沙包。去那吃晚餐是週末一大享受，我們總是多點些食物，吃不完便打包回府。尋常的，吃飯時總會看見乞丐遊民的臉貼著玻璃門往裡看。在金邊待久了，我們已練就眼不見為淨的本事，專注於盤中飧。餐館老闆循例出去趕人，免得客人受干擾。

用完餐，提著食物包，走出餐館。一名年輕女子扶著一名盲眼老婦，迎上來卑微地向我們討錢，衣衫襤褸，蓬首垢面，看起來是從鄉下到金邊討生活的農民。兩名瘦弱的農婦流浪金邊，我想不出她們有何機會。猶豫了一下，我們遞出食物，照例沒給錢。我繼續爬上卡車的駕駛座，車子開動。準備轉彎時，瞧見兩位女遊民幾乎沒移動地就在路口蹲坐吃起來了。餐盒內的食物暴露出來，看見兩人開心地吃著我們剛用剩的食物，又聽到艾瑪在一旁說，「她們一定很久沒吃這麼好吃的東西了」，我像遭電擊似的，突然哭了起來，一時淚眼模糊，無法開車。

我為她們感到傷痛，也為自己感到悲哀。是什麼樣的世界，讓人活得如此沒有尊嚴，也讓人活得不再勇於感受。

我的痛感回來了。我終究無法漠然以對。柬埔寨走一遭，看盡饑餓與疾病。所幸，我也深受感動。儘管歷史的悲哀繼續發酵，柬埔寨人的微笑依舊迷人，從古至今。那神祕的微笑，四度吸引我進入吳哥古城。那神祕的微笑，讓我在巴陽廟（Bayon Temple）決定給自己至少十年的時間，去瞭解愛滋病這令窮困已極的國家更滿目瘡痍的政治經濟疾病。那神祕的微笑，掛在我周圍每個柬埔寨友人的黝黑臉上。你見過那神祕的微笑嗎？如果你去過柬埔寨，你一定看過；至少，我的法國攝影師友人蒂埃希・迪弗（Thierry Diwo），也被那神祕的微笑吸引，出了一系列黑白攝影的明信片，就叫「柬埔寨的微笑」（Smiles from Cambodia），很受西方旅客歡迎，你也許看過。蒂埃希幫我和巴陽廟國王的微笑拍了合照。長年獨自旅行的我，很少有自己的照片，真要謝謝他替我留下這難得的紀念。

寂寞方程式

等不到風
樹寂寞
等不到眼睛
畫寂寞
劇場沒有觀眾
椅子寂寞
思想沒有性慾
夜寂寞
書籍布滿灰塵
知識寂寞
創作者等不到欣賞者

靈魂寂寞
主人老了
鏡子寂寞
沒有光亮的顏面
歡笑寂寞
看不見船
河寂寞
等不到情人的撫摸
乳房寂寞

（摘自隱地詩集《一天裏的戲碼》／爾雅出版社）

古城吳哥

自一九五三年以來，不論柬埔寨的政治如何遞嬗，吳哥窟的尖塔始終矗立在柬埔寨的國旗上，代表這至少有著三、四千年歷史的王國。從十五世紀之前的風華絕代，到今日的頹圮破敗，吳哥窟見證了柬埔寨顛沛流離的多舛命運。

吳哥窟是吳哥古城中最宏偉的廟宇。整座古城，涵括九至十五世紀的吳哥王朝時期（Angkor Period, 802—1431），陸續建造起來的大小廟宇，其中著名的至少有二十座，吳哥窟是最主要的廟城建築。即使在十五世紀吳哥王朝受泰國入侵，棄置吳哥古城南遷金邊後，吳哥窟的佛像雕刻仍持續到十八世紀。吳哥窟的柬文名稱 Angkor Wat 傳承自古印度梵語，Angkor 意為「城市」，Wat 意為「廟宇」，吳哥窟的重要性從命名中可見一斑。

一八五〇年代，歐洲傳教士即曾傳言柬埔寨北方叢林中有座荒廢古城。但直至一八六一年，法國博物學者穆奧（Henri Mouhot）才在北方暹粒市郊區找到吳哥窟，其發現立即轟動世界。一座座宏偉細緻的石寺，難以計數的石橋、石像、石壁雕刻，令觀者屏氣凝視。石像嘴角神祕的微笑直透人心，觀者的魂魄似乎就要被勾了過去。石壁上仙女身著的薄紗在精工雕刻下仿若透明微動。穆奧的日誌中記載了他首度見到吳哥窟時的震撼與敬畏情緒。隨後法國探險家與學者蜂擁至吳哥窟，並陸續發覺古城內的其他廟宇。

十九世紀末，法國政府正式開始吳哥文明的研究與保存，但如此的人類文明瑰寶卻遭波布嚴禁維修。隨風而來的大樹種子趁隙鑽入土裡、石縫中，發芽茁壯，破壞了寺廟的根基，樹根沿著石牆、石柱蔓生，傾塌之日不遠。古城裡的參天古木令我心生畏懼。更引人唏噓的是，內戰時期槍戰遺留下來的子彈還鑲嵌在石柱上，屢屢可見。

一九八九年，越南勢力退出柬埔寨，歷經二十餘年戰亂的柬埔寨進入改革開放時期，聯合國教科文組織（UNESCO）將吳哥古城列為世界文化遺產，以日本為主要的經費與技術贊助方，開始努力搶救保存古文明遺跡。吳哥古城內的每座廟宇都可見到正在進行的維修工作。

吳哥古城內各間廟宇的雕刻，隨著年代不同，表現出不同的政治、宗教紋理。吳哥王朝先是受到印度教的影響，社會階級制度明顯。十二世紀中葉，國王蘇耶跋摩二世（Suryavaman II）便建造吳哥窟，祭獻於印度教的護持神（Vishnu）。吳哥窟面朝西方，其外廊建築的方向由西北方起始，反時鐘方向繞城一圈，這些方向在梵語中的意思與死亡有關，因此考古學上有一說，吳哥窟是座大陵墓。

吳哥王朝於十二世紀遭外族占人（Cham）入侵，古城遭到破壞，信仰大乘佛教的國王闍耶跋摩七世（Jayavarman Ⅶ）將以巴陽廟為中心的大吳哥區域（Angkor Thom）重建為佛教城市，位於吳哥窟北方。這位國王死後，約一二二〇年左右，由於受到現今泰國境內小乘佛教民族的影響，吳哥王朝逐漸變成以小乘佛教為主的國家，並逐漸往南方遷移。吳哥王朝複雜的政治歷史，在古城的廟宇中留下印度教和佛教消長交會的明顯痕跡。

我最喜歡的吳哥廟宇，是十二世紀建築的巴陽廟。還沒走進廟城，遠遠地就可看見巨大的四面頭像豎立城門上方，那就是信仰大乘佛教的闍耶跋摩七世國王的石像。第一次走進這座廟宇，我就被國王的微笑迷住了。後來得知國王是位「革命家」時，更加瞭解了其微笑的魅力所在。闍耶跋摩七世國王打破先前的印度教傳統，接受大乘佛教的洗禮。兩種宗教帝王的最大差別，在於佛教君主以憐憫仁慈對待人民，而非如先前的印度教君主以威儀治民、視人民為奴隸。因此，柬埔寨人說，巴陽廟林立的頭像，代表著國王守護著他的王國子民。

還有一座早於吳哥窟的女神廟 Banteay Seri，也令我驚異不已。這間規模只有一般廟宇一半大小的古寺，建於十世紀，位於吳哥窟東北方二十五公里處；大多數行程匆匆的觀光客都會錯過這間廟宇，實在可惜。這間女神廟的雕刻及雕工皆堪稱一絕，廟堂入口只有一點三米高，非由國王建造；雕刻的人物偏好少年，堅硬無比的粉紅色石頭均刻上花邊，再精工雕琢出栩栩如生的微笑男童、女孩、水舞精靈或仙女（Apsara）。有賴於石頭的異常堅硬，雖已經過十世紀風雨人禍摧殘的石雕，如今看來，仍栩栩如生，仿若近期完成的刻工，細緻的程度令我嘆為觀止。

吳哥古城彰顯了人類至高的文明藝術瑰寶，即使柬埔寨社會動亂頻仍，每年數十萬的國際旅客依舊前來朝聖。一般而言，以日本為主的亞洲旅客常參加三天兩夜的遊覽行程。臺灣團甚至破紀錄當天金邊－吳哥窟來回，我想這些旅客八成是和吳哥窟前方水池的尖塔映照合拍一張後，便返回首都金邊。不少歐美旅客參加五天四夜的活動。法國人特別心儀吳哥窟，很多中老年人參加一週至十天的深度旅遊行程。無數的國際年輕自助旅遊人士，就在吳哥窟晃蕩，不受時間安排限制。我就是那種招租全天的摩托計程車，在各間廟宇穿梭閒聊，累了就坐在樹蔭下、墜落的巨石上喝涼水的幸運旅客。

吳哥窟這碗老祖宗飯，不僅餵飽了柬埔寨政府及當地居民，也讓生活在這生靈塗炭土地上的人們，存有一絲古文明的傲氣與慰藉。吳哥古城中，幾乎每一座廟宇的神祇周圍，都有當地人焚香膜拜掛幡的痕跡，更常見老婦禮拜的身影。我曾在一座沒有觀光客造訪的廟宇的隱祕洞穴中，見到一名中年男子在祭拜仙女，我問他對仙女的感覺，他說，他做夢都會夢到飛舞的仙女，美妙極了。沒錯，神話裡，水珠飛濺的仙女舞姿真是曼妙，在石雕上經常可見，我也買了一幅水舞精靈的仿造拓碑畫。

說到拓碑，許多廟宇的石壁雕刻，不是被長年的拓碑墨汁弄得大片漆黑，就是缺了一塊；佛像、仙女、神祇的頭部、手部消失，盜採盜賣的文化浩劫隨處可見。在金邊的歷史博物館中，有許多從吳哥古城和其他古蹟地運來保存的無首斷肢殘臂石像，這裡是我見過最令人無可奈何的歷史博物館，文物散落各處，亂無章法。更令我啼笑皆非的是，生平第一次見博物館內香煙氤氳，老婦在館內的石雕佛頭像前焚香膜拜，香爐插支滿溢，顯然她們每日來此祈福。博物館四處可見動物糞便，抬頭一望，原來，巨大的蝙蝠盤踞博物館屋頂，黑壓壓一片；博物館還曾為了處理蝙蝠的問題休館；漏水的問題更非新鮮事。真是窮國難為！

許多人都是從金邊或曼谷搭飛機到吳哥窟旅遊。我喜歡搭船，由金邊上行洞里薩河，見識水鄉澤國。離吳哥窟不遠的洞里薩湖，是東南亞最大的淡水湖，水中豐盛的漁產和湖畔農田嘉惠周遭居民。這裡是柬埔寨自然環境最優沃的地區，許多人逐水而居，家就住在水上，漁獲在哪兒，家就划移到哪兒。不少越南人也中意這裡豐富的物產，移民至此，自組水上越南村。水上人家的行動敏捷一如陸居，孩童在狹窄的小船上互踢足球，歡樂不減。我參加過一場水上人家的婚禮，客人吃了東西就往水裡扔，難怪魚肥蝦美。

世上的古老文明都出自大河文化，柬埔寨也不例外。吳哥古城一遊，任誰都願意祈禱：經歷了二十餘年的苦難後，柬埔寨的希望也能如水舞精靈般破水而出。

過橋

不是有一句老生常談的話嗎?「我過的橋比你走的路還長。」柬埔寨的經驗讓我對此說法別生感觸。人生閱歷多寡有時並非以道里計，事件的驚異程度決定生命印象。

河流密布的柬埔寨，橋非常多。從金邊到南方甘丹省戈通我的高腳屋所在的工作地點，不過五十七公里遠，雨季開車得花上三小時，乾季也要兩個半小時。在這條柔腸寸斷的黃土尖石路上，共有四十五座橋，絕大多數都是木橋，即便是石橋，也是敗破不堪。

每星期我在金邊與鄉下來回往返，橋上風光，看盡柬埔寨鄉間情事。

有幾座木橋腐朽特別嚴重，開車其上是危機重重，經常閃了左邊的大洞後，右前方又立刻出現另一個大洞。有些橋則是橫切面整片木頭斷裂，一連數片，造成橋面上出現寬度超過一公尺、長度三公尺的大黑洞，令人寸步難行。

橋面上出現的若是「整齊四方」的大洞，那鐵定是鄉民的傑作。有時橋面上的木頭腐朽但尚未完全斷落，勉強還能支撐汽車過去，鄉民卻會硬生生地將之撬起，他們甚至會撬起完好的木頭擱在一旁，造成人工的破洞效果。

在貧窮的鄉間，這是鄉民的營生方法之一。

他們一看到汽車駛近橋頭，就立刻在你眼前表演把木頭搬離橋面的本事，這個動作是要告訴你：不給錢？別想過！一次至少得給價值十臺幣以上的柬幣，在這裡可以買一公斤的空心菜了，一般鄉民的月收入也不過臺幣兩百元左右，甚至更低。

我還親眼見識到什麼叫作「過河拆橋」。有一次一座橋斷裂得相當嚴重，在連鄉民都尚未找著大木板賺錢之際，只見一輛運甘蔗的超載大卡車開過，甘蔗堆上還坐了四名工人。一名工人手腳靈活地從離地面約有三公尺高的甘蔗堆上跳下，再不疾不徐地從車下底盤抽出兩大片木板放在橋上。大卡車順利過橋後，仍停在橋頭，待該名身手非凡的工人將兩片大木板收走後，卡車才從容不迫地往前行駛，留下一列尾隨其後的汽車，人人目瞪口呆，望橋興嘆。

柬埔寨境內有非常多四肢殘缺的年輕人，大多是遭地雷炸傷的，這些人沒什麼營生的本事，多淪為乞丐。某回我開車近橋頭時，一位斷腿青年朝我走來，我按了下喇叭提醒他，他仍繼續一拐一拐地往前逼近，我發現他是算定了我不可能駛過他，故意向我的車子走來的。他一隻手高舉著一條法式長麵包，另一隻手放在我的車頭，強迫我停車。

我停駛後，原本那隻放在我車頭的手突然抬起，改變成掌面朝天討錢的姿態。我不理他，雙方僵持著。我只好倒車，他見我倒車，又往前走。我往旁邊閃一點，他也跟著我閃。就這樣左閃右閃，他突然跑到我的駕駛座旁，隔窗討錢。我見是個機會，加了油門就往前跑。

還有一次，碰到兩名異想天開的斷腿乞丐，見我的車駛近，就走上橋，一名笑著伸帽向我要錢，另一名索性坐在橋中央，坐定後還斜看了我一眼，一副「妳敢過嗎？」的樣子。我死也不給！把車停了。一個訕笑討錢、一個霸坐橋心、一個死不退讓的畫面僵持著。我想就等罷！等著等著，我覺得這場景蠻難得的，拿起相機從駕駛座上將鏡頭對準兩人。咦？他們不知是否看見相機很緊張，居然立刻閃人，我也就順利地過了橋。

一天，某座橋突然在夜間塌方，一根橋基全垮，土石嚴重滑落，活像地震後的景況。坍塌陷落的橋，比「U」字型的滑板練習場還歪斜許多，步行其上相當吃力危險，但是當地鄉民卻一如平常騎著摩托車或腳踏車過橋。看著鄉民推著綁滿貨物的腳踏車衝下去，再由幾個人幫忙往上推的場面，我真為他們捏把冷汗。有些小型汽車仍企圖駛過斷橋，於是就會有人為了小費自告奮勇，站在橋上指揮車子。這些勇夫真是為錢搏命，汽車駛下後勢必得加速往上衝離橋面，他們卻一夫當關，在汽車開下橋面之際依舊站在橋心指揮，直到汽車衝到跟前才往旁閃去，狀況非常恐怖。

我下鄉工作的地理範圍頗廣，時常要搭船渡河。所謂渡船，就是把兩艘普通小船併在一起，上面再疊貼大木板而成。有些窮地方買不起馬達，還用古老的拉縴方法。兩名男子，在熾烈的中南半島陽光下，各據船身一方，以人力行舟。因為兩人使力勁道不同，船隻時而左傾，時而右斜，坐在這種船上，眼前風光相當「搖曳」。

別看這種船隻拼拼湊湊的好像沒什麼承載力，它的乘客可是包羅萬象。有打著黑傘的步行和尚、上下課的學生，也有牽著腳踏車坐船的人，後座綁滿的貨物，使得腳踏車看起來活脫脫一個頭重腳輕的大蘑菇。摩托車騎士更是由岸邊直衝甲板，停車距離計算得非常精準，不會落到水裡。

當船隻準備靠岸的那一剎那，更是見識鄉下人本事的時刻。儘管船身距離岸邊還有一塊不等邊三角形的空隙，很多人，尤其摩托車騎士總是領先群雄，一擁而上，咆嘯而去。有時空隙實在是大，可是我從未見人或是貨物落水過，功夫真是了得。

在這裡開車過橋，最無奈的其實不是碰上無賴或乞丐，而是牛車。堪稱龐然大物的白色耕牛拖著載滿貨物、野草的牛車，偶爾還有另一頭牛尾隨於後，悠閒地吃著車上的野草，令我無力招架。我雖愛極牛頸上牛骨做成的牛鈴叮叮咚咚聲，還有跟在巨大的牛屁股後，看著牠一扭一扭、尾巴不時揚起的徐緩閒適，不過，牛步就是牛步，等牠過橋還真是需要耐心。

71　過橋

柬埔寨的生活邏輯

神經粗一點，彈性大一些，在柬埔寨生活會很有趣。否則，可能有罵不完的三字經。

一個朋友來柬埔寨，想順道去越南自助旅行，旅遊資訊、辦簽證、訂機票的事理所當然認為可以全部找旅行社處理，我告訴她還是分開來辦比較快，有些事也得靠自己才行。她不信邪，堅持旅行社的普世功能。我只好給她金邊的旅行社電話，由她自己去詢問。

就像在臺灣一樣，朋友不厭其煩地對接電話的柬埔寨人提出一堆問題和要求。邊工作邊聽到她講電話，我忍不住插嘴：「妳說的太複雜了，他聽不懂啦！」朋友給了我一個臭臉，掛上電話後，有些挑釁地說：「他說沒問題，等會就回我電話。」我聳聳肩，繼續手上的工作。過了一個小時，電話靜悄悄地躺在那裡，朋友問說怎麼還沒打電話來，我的回答肯定很潑冷水：「不會打來啦！妳問什麼他們都會說好，不懂也說好，不行也說好，妳就不用等了。」朋友發飆了，打電話去追問，原來和她說話的人已不知去向，接手工作的人一問三不知，但同樣很客氣地招呼她，一向不屈不撓的朋友又重複了一遍她的問題和要求。說到這裡，用膝蓋想也知道結果如何。

同一個朋友，去市場買了一顆鳳梨，回來自己削皮切了吃。削完厚厚的一層外皮，她繼續削，我說這樣就可以吃了，再削就沒肉了。她指著果肉上鳳梨特有的毛毛疙瘩說，「不削這怎麼吃啊？」「我們就這麼吃啊！這裡的鳳梨不像臺灣的改良過了，都是這樣的。」不信邪的朋友繼續清除那毛毛疙瘩，削啊削的，最後，削到肉心了，疙瘩還在。她真火了！

兩個分別來自新加坡和德國的友人也來柬埔寨，借住金邊辦公室樓上的空房。第一天平安無事，一切都很新鮮有趣。第二天，外出房門上鎖後，就打不開了。兩人氣急敗壞。鑰匙就只一把，但怎麼都打不開。我說等一等，上午試不成，也許下午就打開了。這裡就是這樣，明明是一套的東西可就是配不準。對兩位來自嚴謹國度的友人，真是一場令人疲累的文化衝擊。

在柬埔寨第一次過生日那天辦了個聚會，邀請幾位熟識的國際友人來金邊家裡吃飯聊天。大夥帶來的各國料理都上桌了，獨缺弗列德（Fred）和阿蕾克絲（Alex）兩名好友的法國美酒與甜點，他們遲到了近一小時。在柬埔寨的法國人多維持他們的生活特色，赴宴會晚到一小時，晚餐吃得很晚，九點、十點才開始。法國人吃飯一定品酒、聊天，絕對不能悶頭大吃，所以一頓飯吃得長長久久，經常吃到倒頭大睡。但弗列德和阿蕾克絲是旅居柬埔寨法國人中的奇葩，有著法國人的一切美好，但沒有多數在柬法國人的驕氣與霸氣，頗融入當地社會，也一向準時。

兩人終於姍姍來遲。一拉開大門，弗列德推著他的小摩托車哇啦哇啦地大叫，阿蕾克絲努力用她不甚流利的英語解釋發生了什麼事。原來，他們按了三間門牌「15b」的人家才找到。弗列德說，同一條長巷，他就發現了三戶人家門牌號碼一模一樣。我們大笑起來，這種事在場每個人都遇到過，只是我還不知自己的住處也是一例，而且居然一條巷子就有三家，這概率也太高了。真是不知郵差如何辦事。

某天一早在樓下辦公室開始準備工作，突然間，負責清掃辦公室及住家環境的管家衝下來大叫我的名字，嘰哩呱啦神色驚慌，我還沒聽懂，就見其他剛進辦公室的柬埔寨工作人員衝到樓上，我也跟著跑上去。只見我的房裡積水，浴缸上方的熱水器掉在浴缸裡，水從破裂的水管中噴出。我愣在那。半小時前我還低頭在那熱水器下方洗頭哩！想到就頭皮發麻。工作人員檢查了一下，發現那重達好幾公斤的熱水器居然是「貼」在牆壁上，而非用釘的。大夥七嘴八舌地在房裡討論起來，還笑得很高興，忘記早已開工了。

在柬埔寨，面子和裡子可真是兩碼事。

柬埔寨的加油站有限，只要離開了金邊和少數的鄉鎮就找不到加油站了，要買油就得到有賣柴油的小店裡或是路邊攤。在鄉間路旁賣涼水的小攤上常可見到一排排的寶特瓶，許多初來乍到的外國人都以為那是解渴的汽水或涼水，可別誤會了，裡頭裝的可是柴油，喝了會要人命的。曾有個臺灣記者來柬埔寨採訪，渴得差點買了寶特瓶來喝，後來得知是柴油時，嚇壞了。

證書滿天飛是面子和裡子不合的另一顯例。每個找工作的年輕人都會出示各種補習文憑，電腦的、汽車的、語文的，還有很多想都想不到的，耗費的金錢與心思可真不少。不過，這些表面上看起來認真學習了許多知識技能的人，真正開始工作時就會穿幫，什麼都不行。一名二十歲出頭的年輕人來應徵我新計畫的助理一職，帶來十多張形形色色的專長證書，可面談時一問三不知。那些文憑都是空頭支票。

交通更是集表面功夫之大成。柬埔寨的法律規矩可多哩！但交通狀況豈一個「亂」字了得？老百姓橫衝直撞，員警莫名其妙。先從駕駛座說起吧！在柬埔寨，英式、美式的駕駛座位同時並行，有人開左邊，有人開右邊，開右邊的大概都是從泰國走私進來的轎車。雖說政府三令五申要禁止開右邊的車子上路，但是除了聯合國、使館和非政府組織（NGO）的車子外，多數的私家和政府高官的車子都是開右邊的。

車牌也是一絕。不論是摩托車還是一般汽車，都是買了車子後才由買主自己去申請車牌。一九九八年時，原則上一張車牌，摩托車是四美元、小型車十二美元、卡車十四美元，但事實上，可沒這麼便宜，通常要幾十美元，而且手續麻煩，還會碰上官員刁難索賄。所以啦，假車牌滿街亂竄，要買加州的車牌路邊就有，或是乾脆讓車子「光著屁股」，連假的都省了。到處都在賣假車牌，光明正大的，員警也不抓。

只有NGO、使館、政府和軍警會用真牌。這是有原因的，因為在柬埔寨不同單位的車牌顏色有別，好處當然也不同。NGO是藍牌，使館是橘牌，政府是綠牌，軍警是紅藍相間牌，一般人則是白牌。遇上路檢時，只有白牌的會被攔下，其他的通行無阻。

柬埔寨自從一九九〇年就開始實施這種牌照制，但始終執法不力。初來乍到時頗為困惑，這麼貪錢的政府軍警，怎麼會放過大好的稅收或罰款的機會呢？後來漸漸了悟明白：貪汙的官員當然不會努力制度化，否則哪有油水可撈？所以啦，員警專挑駕駛人的小毛小病找碴，理由荒謬得經常令人發噱。

這裡的員警當然不會說英文，可是有一句英文可是人人琅琅上口。辦公室司機索卡（Sokal）告訴我一則笑話，話說一名歐洲旅人在金邊觸犯了交通規則，員警將其攔下，該名老外想和員警搭訕逃避罰款，他對員警說：「Hi, how are you?」（嗨，你好嗎？）員警回說：「I am fine and fine you five.」（我很好，罰你五塊。）一言以蔽之，「Fine you five」是柬埔寨員警必備的語言能力哩！

在柬埔寨開車，交通標誌常常是「躲」起來的，它的作用好像只是讓員警擁有攔你下來的理由，而不是為了提醒駕駛人。有一回我在禁止左轉的十字路口左轉，那個交通標誌被移到遠遠的樹木後頭，我當然沒看到就被員警攔下了。攔下後，四名員警一齊上來。這裡得說明一下，金邊的員警喜歡集體行動，總是一群群守在路口，有毛病大夥一起挑，有油水大夥一起撈。其中一位頭頭問我：「駕照呢？」我說：「在辦公室。」他誇張地搖搖頭說：「喔！沒有駕照要罰錢喔！」然後又接著說：「給錢就OK！」我說：「多少？」他說：「五元（美金），這裡有四個人，共二十元。」這裡的人和外國人的交易都用美金，他當我是凱子?!當時教育部長的帳面月薪不過價值二十美元。我說：「一元。」他又誇張地搖搖頭，然後說：「沒有就到警察局。」我想了一下，如果到警察局你一毛也撈不到，所以我說：「好啊！那就到警察局去吧！」結果他真的愣了一下，然後改口說：「一元OK，四個人一人一元。」我堅持說：「全部一元。」就這樣，因為他擔心拿不到錢，所以我們就以一美元成交了。我一個日本友人則是以每人一瓶可口可樂成交。

說到駕照也是一件可笑的事。這裡駕照都是用買的，交通會這麼亂也與之有關，因為人們都沒學習過正確的交通規則就上路亂開了。一張駕照四十美元。可是呢，你可能辦了好幾個月也辦不下來。這是一個貪汙氾濫的國家，所有問題都是人治處理而非法治。我一來就花錢買駕照，等了快三個月了還沒拿到，原因是交通部長換人，所以又得重新處理，舊部長處理過的都不算了。

在金邊開車，最怕人力三輪車和摩托計程車。這裡的人沒有裝後視鏡的習慣，他們要轉彎時，手一伸就算通知了，完全不管你是不是已經非常靠近他，反正撞到他——除非人死了——醫療和賠償夠你付的。說得卑賤一點，反正「爛命一條」，被撞傷了搞不好家人還有好日子過。

開小型車的不見得就多懂些交通規則，到處有人逆向行駛，而且理直氣壯。經常一輛來車突然筆直地出現在你面前，兩輛車眼看就要撞上。照理逆向者要快閃，可是有本事搞飛機的人當然胸有成竹，會閃的一定不是他，你只好邊罵「痞子」邊閃人，不然你能怎樣？

在市區一般的天氣狀況下，很多人晚上愛開霧燈或不開燈，員警不管。不過，如果你白天忘了關燈，員警卻會將你攔下，說你違反交通規則，因為白天開燈「會干擾別人的視線」。

柬埔寨人使用方向燈也是天兵之流，經常閃右燈轉左邊。一個據說也是真人真事的笑話：某個當地人閃了右燈卻左轉，被員警攔下，員警問他為什麼這麼做，該名老兄真是天縱英明，他對員警說：「你沒看過拳擊嗎？不都是向右虛晃一招，可是實打左邊哪！」員警沒轍，揮揮手就讓他走人了。

柬埔寨的生活邏輯，常令來自優渥地區的住民驚異恐慌。但在橫衝直撞之外，柬埔寨的優美自在也不是所謂先進地區的人能享受到的。有興趣瞭解這個國家生活肌理的朋友，可以先估量一下動心忍性的意願與能耐，再決定要待多久囉！

異鄉人

柬埔寨是個光怪陸離的國家。除了近二十年內亂的歷史因素外，成為西方國家的民主實驗地也是造成它怪異的原因。首都金邊市最能呈現第三世界的詭異面貌，它擁有貧窮國家難得的硬體建設，也存在發達國家無法理解的紊亂落後，它的發展模式與臺灣幾十年來的循序漸進截然不同，忽貧、忽富、忽野、忽禮，令人嘆為觀止。

金邊的奇特，與進駐這個國家提供外援的聯合國與各式ＮＧＯ等國際機構有密切關係。一九九一年聯合國勢力進入柬埔寨，將三十萬於赤柬時期逃至泰國邊界的柬埔寨難民陸續遣返回國，成列成隊的大卡車，載滿返鄉人潮駛入金邊和柬埔寨各地。許多原本在泰國難民營服務的國際組織也跟著移轉陣地，進入柬埔寨，更多遠道而來的國際組織也接踵而至。我在柬埔寨期間，金邊就有一、兩百個國際ＮＧＯ註冊進駐，沒有註冊的組織也號稱有一、兩百個，展開教育、健康、地雷、遊民等各項發展協助計畫。

柬埔寨確實受惠於龐大的國際組織援助，但是國際組織的存在也打亂了金邊的市場經濟，由於柬幣的匯率不穩定，形成美金和柬幣兩套通行的貨幣制度，以外國人為主要交易顧客的商店用美金計價，老百姓的日常買賣則通行柬幣。

兩套貨幣制度使得美金持用人每天都在莫名損失金錢。在金邊消費，單位為毛的美金計價，商家都以柬幣找零，由於匯率浮動頗大，一美元約可兌換三、四千柬幣，商家都以最低甚至不足額的匯率計算，於是每消費一次，消費者便很可能損失臺幣二至五元，臺幣五元的價值可以在傳統市場買到四根小黃瓜。

國際組織進入金邊，當務之急是解決吃住問題。外國人住不慣當地破敗狹小的木屋，吃不進腥辣不淨的食物，於是一間間有如別墅的高級住屋紛紛出現。流經金邊的洞里薩河與湄公河畔，各國料理餐廳也陸續開張，所費不貲，一份簡單的客飯至少索價四．五美元以上，而當地每人一個月的基本生活費約為十美元。

國際組織面臨的另一問題是語言，許多曾待過難民營的柬埔寨人在營區學過英語，返國後就成為國際組織的最佳翻譯。人才有限，加上自開放起聯合國的高待遇政策便打亂了薪資市場，導致在柬埔寨最好的工作就是替國際組織機構服務。柬埔寨的教育部長帳面月薪不過價值二、三十美元，但是在金邊市擔任國際組織甚至一般外國人士的清潔管家，一個月至少就有六十美元。

柬埔寨的公務員和教師薪資極低，所以工作意願也很低，四小時的工作可能做了一小時就落跑，同事間也很有默契地輪守就好。很多人蹺班回家照顧小生意，也有人戴上棒球帽、穿件長袖襯衫，騎著自己的摩托車往街上去，就成了載客的摩托計程車了。

外來的和尚會念經，國際組織的存在無意間也使柬人缺乏信心。整個國家相當依賴外援，柬埔寨是一個沒有外援幾乎就撐不下去的國家。篤信小乘佛教的柬埔寨人，在柬國各地蓋了無數間廟宇佛塔，甚至天真到希望NGO贊助建廟，令NGO工作人員啼笑皆非。

一個沒有自信的社會，女人的命運最是多舛，不少柬埔寨女人以為最好的出路是嫁給外國人士遠走他鄉。也許真有人「麻雀變鳳凰」，但就我所見，溫柔美麗的柬埔寨女性，常在與外籍人士的婚姻假象中淪為免費的性伴侶、廚師兼管家。

柬埔寨是法國前殖民地，也因此，來這個亞洲發展中國家的法國人士最多，形形色色，外交人員、國際組織工作人員、法語教師、商人、遊客、通緝罪犯乃至偷拐搶騙的角色都有。絕大多數的外籍人士不願學習柬語，至多說上幾句日常用語，什麼理由都有，「難聽」、「難學」、「沒用」、「不打算久待所以不想學」等等。人力便宜，少少的銀子，就可僱用當地人處理日常生活瑣事，洗衣、煮飯、打掃，不會說柬語也可過得舒服享受。

在法國人的圈中，常聽說誰誰誰和管家結婚但回國前就離婚了，或是誰誰誰的離婚柬埔寨老婆被誰誰誰僱去當管家了。曾嫁過法國男人的柬埔寨女人離婚後的出路常是當法國人的管家，因為一定被調教過該如何烹煮法國料理。

我曾遇過一名法國政府派去柬埔寨教法文的年輕人，說話知書達禮，他有一個年輕貌美的柬埔寨女管家，經常穿著小可愛及短褲做家事，朋友間開玩笑說是不是情婦，那道貌岸然的法國人義正辭嚴地說，女管家的法國前夫回法國前和她離婚了，見棄的柬埔寨女子很難再嫁人，他好心收留了這名女管家，否則她只能淪入風塵討生活。但朋友都知道，這檯面上的話是法國男主人的標準假答案。

法國有海外替代役的制度，女子也可要求加入替代役的行列分發至前殖民地工作，不少來柬埔寨的法國年輕人是經由替代役的途徑出來的。一位法國友人曾說起，每年法國政府都得從柬埔寨遣回三分之一的年輕人，原因是抑鬱症。「善終」離開柬埔寨的人似乎不太多。

柬埔寨就像是個大難民營，收容來自各國的通緝犯和自我放逐的人。很多西方人不知道在自己的國家要做什麼，就拿觀光簽證進入柬埔寨，之後再花二、三十美元買幾個月的簽證。盤纏用完了，就教英文、法文維生，但很多人連自己的母語都說不好，只好偷拐搶騙。曾遇過一個法國口音的年輕人上門來討錢，聲稱自己是來自美國的自助旅行者，旅費被搶了無法回家，拜託我借貸些許現金。他當我是亞洲人分不清美國、法國口音，真是文化本位主義的笨蛋騙子。還有一個美國女人也喜歡到處找亞洲NGO行騙，聲稱自己是計畫執行專家。這些西方年輕騙子，認為亞洲人好騙。

有些歐美年輕男性真以為自己可以在亞洲予取予求。有回週五夜和一群法國人去金邊南方郊區達克茂市（Takhmao）的柬裔法籍大戶人家玩，約好在金邊市的法國文化中心前集合。我坐在朋友的車上等人時，一名法國年輕人走到窗邊搭訕，一看就知道大學剛畢業沒幾年，劈頭第一句話是「我可以引誘妳嗎？」下一句便接著說起自己在法國大使館工作，月薪二千多美元，像隻年輕公孔雀般得意揚揚。我看著他，心裡覺得好笑，他一定以為亞洲女人都會崇拜他的國籍與收入。我回說：「喔！以你的年紀，你的薪資算不少了。」他以為我在稱讚他，繼續抖動他自以為是的閃亮羽毛。

悲哀的是，外國男人真的經常攫取柬埔寨女人的青睞。

某天晚上我和好友邁克在洞里薩河畔散步。難得涼風習習，我們就在河邊石階上坐下來，繼續我們經濟學者與人類學者天敵式的對話爭論。他總是嘲笑我說，「你們人類學家一個小村莊的研究還沒做出來，我已做完四個國家的研究了。」我們在討論的是剛發生在西雅圖的WTO抗議示威活動。邁克主張全球化，我持反對意見，我們正爭得面紅耳赤，一名柬埔寨女子完全無視我們的討論與我的存在，走到邁克的面前媚笑地與他搭訕。邁克看著我，他不知所措的表情真有趣，因為他完全不知道那女的在說什麼。他尷尬地問我：「她為什麼找上我？我旁邊還有個女伴哩！」我樂得作壁上觀，並幫他翻譯。那女子問他在哪裡工作，也自我介紹在哪家酒吧上班，今天休息，但明天就回去上班，要邁克到酒吧找她。邁克一邊稱讚我的柬語聽力，一邊為我居然當起他與該名女子的中間翻譯覺得可笑。是名君子的邁克向那女子道謝後，就說我們還有事，站起來走了。

但我見過更多的外國男人不像邁克一樣尊重當地人，遑論「妓女」。金邊一家臺商開的酒吧馬丁尼（Martini）很有名，在洲際飯店（InterContinental Hotel）旁邊的巷子裡，入夜後湧入大量的流鶯與國際尋歡客。那些年輕的柬埔寨女性看到外國男人就貼身過去，常見臃腫醜陋的白種男人摟著賣春女子，毛手毛腳的，喝完手上的廉價酒，占完便宜拍拍屁股就走人。聽說有些女子跟人出去後，交易完成一毛也沒拿到還被揍。

但流鶯還是見過世面的，很多賣春的女孩連金邊是個什麼模樣都不明白。

柬埔寨也有另一種外國人，他們的際遇和一般指稱的老外很不同。金邊市中心有一片卡拉OK紅燈區，很多越南女子在那裡賣春。越南是社會主義國家，明確禁娼，因而很多女性移入柬埔寨賣春。我一直都想多方瞭解東南亞女性的生活，聽說一個法國攝影師友人在拍那裡的越南女子，我就嚷嚷著要跟著去看。

這是我第一次走進「水族箱」。所謂的水族箱，就是進門後便會看見一大片的落地玻璃，玻璃後的臺階上坐滿了年輕女子，每人左襟上別一個號碼牌，嫖客就在玻璃外的長椅上坐著挑選。就像去水族店買熱帶魚一樣，選中了，老鴇就幫你把魚撈出帶走。

大概從來沒有女客人走進去過，更何況是一名亞洲女人。我一進去，長椅上的嫖客都瞅我一眼，水族箱裡的女子也盯著我看。中場休息時，十多隻熱帶魚全游了出來，圍在我身邊，好奇地問東問西。我們用支離破碎的柬語、越南文、潮州話和身體語言溝通。一個看起來未成年的女孩指著我身邊的白種法國男性友人，「他是妳先生嗎？」「不是。」「那他給妳多少錢？」我愣了一下，笑說：「我比他有錢。」

我的回答讓我的朋友有些惱，也令那些女孩困惑。另一個自稱十九歲的女孩問：「妳怎麼可能比他有錢？」我告訴她們我在國際組織工作，有固定收入，也有自己的租屋。女孩們不解，總認為我是住在另一棟「宿舍」裡。我意識到，她們不能理解的是，我一個亞洲女人怎麼會有自己的住處甚至比西方男人有錢。我不記得放棄讓她們明白還有不一樣世界的我，是怎麼漂離那水族箱的。

有一回熟識的臺商帶我去一間臺商開的茶館，服務員都是中國大陸來的年輕女孩，穿著旗袍陪客。招呼我們的女孩約只二十歲出頭，長得很漂亮，只是臉色陰沉，我和她說話，她都回答，但顯得很不快樂的樣子。她來自湖南，簽了兩年約，問她兩年後還要留下來嗎？她頭搖得決絕。本以為能出國打工賺錢，沒想到第一年是做白工，手上沒見過一個子兒，薪資全去還仲介及老闆的債了。更慘的是，一年三百六十五天，全年無休，來到金邊近一年的她，從沒自由出過門，沒上過街，不知金邊長個什麼樣。我啞口無言，只能默默地嗑瓜子。臨走前偷偷告訴她，哪天若有機會出來透氣，可以打電話給我，我帶她去逛金邊。她快要哭出來似地點了點頭。

但我離開柬埔寨前，從沒接過她打來的電話。

在柬埔寨的外國人形形色色，而我見過最漠然的外籍人士，卻是回鄉賺錢的海外柬埔寨人。因緣際會，柬裔法籍的攝影師保羅（Paul）通過友人想拜訪我工作的農村，剛從法國返鄉的他，受雜誌之邀拍些鄉間故事。我們兩個外國人走在村裡，保羅帶著黑色太陽眼鏡，很酷，看不見表情，對誰都保持距離，直到他看見我一路上用柬語和村人打招呼時，說「妳的柬語說得真好」，我才知他其實還記得他的母語。他開始態度軟化，說起自己的故事。

幾天後保羅請我參加他的生日聚會，我第一次接觸如此高檔的柬埔寨家庭。我指的不是有錢與否，而是階級與品味。保羅的父親是柬埔寨軍官，在赤柬奪權前夕便知國家即將變天，祕密地帶著家人逃離柬埔寨，轉往法國定居。長大後，保羅留在法國變成攝影師，他的姊姊從事精工設計，作品挺有藝術性，嫁給一名澳洲商人。他們在金邊的三層住所，看得出是文化圈人。然而，我訝異地發現，那對夫妻還有一項事業，就是出口柬埔寨勞工。

我似乎是他們回到柬埔寨後第一位在ＮＧＯ工作的外國友人，得知我的工作是在「幫助」當地人，那位澳洲商人似乎想掩飾什麼，淨說他幫了多少柬埔寨人找到多少掙錢的機會。酒過三巡，真相畢露。談起對柬埔寨的印象，大家不約而同提到乞丐，那名澳洲商人像發現新種臭蟲似的，說他最受不了的是，乞丐討錢時會拉他的衣袖，他臉上泛起極度厭惡的神情，「他們居然用手碰我！」

我很不以為然，但礙於在人家的生日會上作客，只鄉愿地說：「他們沒有惡意。」我不知我為何要替柬埔寨的乞丐說項。我看著保羅的姊姊和其他家人，大家繼續嘻笑怒罵，全然不以為意。雖然看到保羅的臉上閃過一絲尷尬，我還是沒久留，早早離席回家。

很多在東南亞長待的外國女性都會發現，西方男人真是主角，相比之下，西方女人的存在常被忽略。在泰國做性工作者研究的人類學家克利奧・奧德澤（Cleo Odzer）就嘲諷泰國真是白種男人的天堂，西方女人的處境卻很尷尬。我一個加拿大的好朋友是哈佛的人類學博士，在新加坡工作時，也自嘲像她一樣的白種女人在那裡根本就被視為「垃圾」，一種不會討好崇拜西方男人的多餘人種。

不過，在柬埔寨，常令我感動的老外就是西方的女性友人，她們對生命有熱情，對人有感情，不論性格輕鬆或嚴肅，堅持認真是常態。還是有不少令人感動的異鄉人。

有一天，我的法文小老師阿蕾克絲放在書架上首飾盒裡的一百美元不見了。我去找她時，正見她在思索是她忘了錢擺在別處還是真的不翼而飛。通常發生這類事情，管家都會遭受指責或被革職。但阿蕾克絲想到的是，一向手腳乾淨的管家洪太太（Madam Hong）是不是碰到了什麼困難。阿蕾克絲旁敲側擊問起洪太太的家人近況，幾天後得知她先生生病住院，主動借了她一筆錢，也從不提起那不見的一百美元。

在柬埔寨進行田野調查的凱倫（Karen），是加州大學柏克萊分校的人類學博士候選人。因著人類學的緣分，我們一見如故。某個週末上午，我們一同在金邊洞里薩河畔的法式餐廳吃早午餐（Brunch）。這一帶，是外國旅客在金邊的聚集之地，臨著美麗的大河，西式餐廳林立，以自助旅客為主的旅店也多在此。夜間與週末時，各餐廳、酒吧都擠滿了外國人士與時髦的柬埔寨人在此消費。我和凱倫到得早，露天的座椅區只有我們兩個外國客人。我們喝著特級的柬埔寨咖啡，吃著法式早餐，興致勃勃地談著人類學和對柬埔寨的想法。

一個赤腳小孩背著擦鞋箱走來，問我們要不要擦鞋。我們低頭望了一下，指著腳上的非皮質涼鞋，就對小孩說不用也不能擦，繼續我們的談話。那孩子不死心，又上前問我們要不要擦鞋，我只簡單說了「不用」，凱倫則不厭其煩地多加幾句，告訴那小孩，我們穿的是涼鞋，不用擦，他也問過了，不該再來問我們。河邊的擦鞋童很多，通常拒絕就是拒絕了，我從沒見過像這個小孩一樣的擦鞋童，他完全無視凱倫的話，死心塌地一再重複問著「要不要擦鞋」。當過中學老師的凱倫氣起來，把小孩拉到身邊，用她流利的柬語，向孩子訓話。

皺起眉頭、認真訓話的凱倫，著實令我感動。我見過的外國人，包括我自己，很少會花力氣去「說教」。外國人高高在上，單手一揮，就讓人不敢再靠近了，何須費唇舌。凱倫不這樣做，她努力要讓那擦鞋童知道什麼是尊重與廉恥。

絕大多數的外國人終究會離開柬埔寨，因著各式各樣的理由，都無法繼續待在這個國家。離開時，會留下女人、孩子、朋友、負債、疾病，也會留下計畫與感動。幾年後若我回去，當地的朋友見到我時會如何？那該是我曾留下的正負交錯的生命記憶。

捲動風雲——洪森

寫一個國家的故事，總是免不了得交代歷史。柬埔寨的歷史漫長複雜，要從何處下手簡述，可是個問題。我決定以管窺天，從一個人物的政治生涯來介紹柬埔寨的當代史。

不論形象好壞，每個國家似乎都至少有一個國際響叮噹的政治人物。柬埔寨最有名的國際人物，也許很多人會說是「赤柬波布」，我卻以為非現任總理洪森莫屬，尤其洪森的重要性與知名度綿延橫跨三十年，柬埔寨近代史上的重要事件，他全都有角色。

柬埔寨的黨政軍強人洪森，曾是世上最年輕的總理，年僅三十四歲便擔任柬埔寨的總理兼外長，並連任總理三屆近二十年，成為東南亞國家聯盟（ASEAN）十個會員國中最長任的民選總理，很有希望超過印尼的蘇哈托（Suharto，總統任期 1967—1998），成為掌權最久的國家領導人。即使敵手都不得不承認，洪森稱得上是柬國最機巧的政客。柬埔寨官方所公布的洪森生平紀事非常稀少，洪森在赤柬時代的生活也是迷霧重重，史學家一直想挖掘洪森究竟做過什麼事。

我下鄉的路線會經過洪森位於金邊南方郊區的真正居所「虎穴」（Tiger Den），路旁的路障與軍警總讓我有停車一探究竟的衝動。但衝動歸衝動，我可不敢造次。我的柬埔寨工作夥伴更是說，連車子拋錨都千萬不能選擇虎穴入口。外表看來威儀並不懾人的洪森，骨子裡可真是個人物。

洪森是個極有特色的政客，他在動員群眾時，看起來像個笑匠，而不像政客，手插在口袋裡，拖著腳走路，在舞臺上晃蕩，時而狂笑怒罵。在《柬埔寨日報》（*The Cambodia Daily*）擔任記者的加拿大友人曾形容說，洪森是在表演自己以前那個貧窮男童的浪蕩形象。

洪森於一九五二年八月出生在柬埔寨東部的農業大省磅湛（Kampong Cham），六〇年代晚期加入共黨游擊隊，反對美國支持的龍諾（Lon Nol）政權「高棉共和國」。一九七五年柬共掌握政權，成立「民主柬埔寨」，赤柬波布的四年恐怖統治於焉展開。

洪森自始即在赤柬政權中占有高位。即便後來政體更替，洪森始終高高在上，掌控柬埔寨的經濟大權和軍警武力。在這個渙散的國家中，絕少有人能像他一樣始終號召並維繫權力。

洪森領導的柬埔寨人民黨（CPP, Cambodian People's Party）是個以傳統共產黨路線為架構的政黨，橫掃了各省首長和村落領袖，以及廣大草根團體的網絡。

一九九三年柬埔寨在聯合國的監督下舉行首度民主大選，洪森雖然失利，卻強迫奪冠但仍未過法定三分之二票數的王子拉納利德（Norodom Ranariddh）共組聯合執政，由拉納利德擔任第一總理，洪森自任第二總理。然而，誰都知道，真正掌權的洪森才是老大。一九九七年洪森發動軍事政變，罷黜了共同總理拉納利德。拉納利德流亡海外九個月，後來在國際支持下重回柬埔寨參與一九九八年大選。

九七年政變時，洪森指控臺灣涉入柬國內政，金援對手，因而關閉臺灣駐柬埔寨代表處。但臺灣方面的說法是，洪森在內戰中需爭取中國支持，臺灣因而成為外交攻防戰中的祭品。

洪森要求臺灣撤館，臺灣官方代表及許多臺商匆促離柬。後來雖然許多臺商仍然繼續留在柬埔寨，但大多人心惶惶，沒有安全感。我一到柬埔寨即被告知，身上要留一定數量的美金，做為得以臨時高價買機票的「逃命錢」。

雖然一九九三年柬埔寨即在聯合國監督下舉辦首次民主直選，然而，一九九八年的第二次大選，才是柬埔寨自一九五三年脫離法國殖民以來，首次真正的多黨選舉，共有三十九個政黨參選，主要有三大勢力角逐權位，包括洪森領導的柬埔寨人民黨、施亞努國王（Norodom Sihanouk）之子拉納利德領導的柬埔寨民族聯合陣線（FUNCINPEC），以及倡議改革的反對派領袖山藍西領導的山藍西黨（Sam Rainsy Party）。

經歷了一生血戰，洪森總是宣稱要打不一樣的民主戰役來爭取政權合法性。他還說過，如果選輸了，就會安靜下臺，和平交出政權，專心於家庭，多下幾盤棋。只是，觀察家從來不相信嗜權的強人洪森可以接受民主的敗選滋味。洪森與王子拉納利德的長久總理之爭，常被形容為「草根鬥貴冑」，一語道盡洪森階級翻身的驕傲。

洪森出生貧農，沒有讀完中學，童年時是個赤足的寺廟學徒，靠僧侶的施捨度日。一九六〇年代末期才漂蕩到金邊，當時金邊那種有利於共產黨的熾熱意識形態，吸引了許多無精打采的青年。赤柬曾評價這批青年的心思純度，洪森被認為特別機巧敏銳，因而受到提拔指揮一支小隊。

一九七五年四月十七日赤柬游擊隊湧入金邊取得政權，推翻「高棉共和國」，改為「民主柬埔寨」。高棉共和國崩潰前，美國為了阻撓柬埔寨的共產黨，曾於一九七三年間密集轟炸柬埔寨，上百萬噸的炮彈落在柬埔寨的土地與人民身上，慘烈的程度堪比二次世界大戰。然而，究竟有多少柬埔寨人死於炮彈之下從無統計。猛烈轟擊僅是推遲、卻未阻止共產黨的勝利，當時的美國總統尼克森不得不在美國國會禁止炮轟柬埔寨後，宣稱美國「失去了」東南亞。

柬埔寨人不僅記得赤柬的恐怖統治，也沒忘記美國炮轟柬埔寨的歷史。

就在赤柬將整個國家翻轉成一座巨大的勞動營前兩天，洪森在戰役中喪失了左眼。不過也有一說是，他是在十幾歲上山打游擊時喪失一隻眼睛。

當波布在柬埔寨展開激進毛澤東主義的實驗時，洪森在柬東地區擔任指揮官。有無參與一九七五至七九年間赤柬屠殺兩百萬柬人的行動，是洪森生平最大的謎。洪森曾再三否認與屠殺有關，至今也沒有任何證據能夠證明洪森與赤柬的整肅清黨或殘暴不仁直接相關。但國際法庭與柬埔寨政府交涉赤柬審判一案多年都無法開審，啟人疑竇，認為柬埔寨政府不配合國際法庭的原因之一，便是洪森等現任高官都涉入此樁歷史慘劇。

不論洪森在赤柬政權中擔任何種角色，他確曾質疑過赤柬政權強迫數百萬人民勞役的殘暴政策。一種說法是，一九七七年洪森下定決心叛逃赤柬，奔向越南。

赤柬與越南兩個鄰近共黨政權之不和，自一九七五年便已開始，雙方互不信任，波布認為越南想併吞柬埔寨甚至控制整個法屬印度支那（French Indochina），而柬埔寨向來視越南南邊為柬埔寨腹地，那裡居住了許多高棉少數民族，波布一直希望獲得中共的武力支持進攻越南。兩國之間的相互武力騷擾不斷。

波布於一九七七年拜訪中國，被越南視為挑釁舉動，波布下令反擊越南，有些地區指揮官不願襲擊驚恐的越南村民，後來便在赤柬的整肅清黨中遭集體槍殺。赤柬攻擊越南西寧時，洪森在迎戰中表現出的縝密智慧使他受到越南肯定。

那時是一九七七年九月二十四日，赤柬攻擊一個越南村落，屠殺了包括婦孺在內的數百位村民。在場的史學家和許多獨立觀察家描繪出的畫面簡直就是人間煉獄，有些犧牲者被斬首，有些手臂遭砍斷、雙眼被挖出、腹腔開膛。越南於該年十二月出兵侵犯柬埔寨。

越南入侵柬埔寨未久，一九七八年初兩國便斷絕外交關係，越南共軍席捲了柬埔寨村落後返國，帶回數千名柬埔寨人，提供軍事訓練，還有一種說法是其中一名赤柬軍官就是洪森。

一九七九年一月，越南再度出兵攻占金邊，有歷史學家認為七七年赤柬對越南的殘酷攻擊是越南再度出兵的主因。同年二月，支持柬埔寨的中共進攻北越河內，迫使越南倒向前蘇聯，引發了共產主義的骨牌效應。中南半島赤化，柬埔寨、寮國、越南難民湧入古往今來都是中立的泰國，流離失所二十年。一九七八年在臺灣引起騷動的「南海血書」，據說是中南半島的華裔難民「阮天仇」以血為墨刻下唾棄越共的心聲，後來成為歷經海上漂流被臺灣漁民撿拾到的「瓶中信」。這封國民黨造假的血書，就是此時代背景下的反共、恐共經典文宣。

歷史上，小國政治向來難逃大國勢力左右。柬、越交戰有著中、蘇兩大共黨政權對峙之背景。一九七六年毛澤東死後，接掌中共政權的華國鋒採行毛路線，與蘇聯對抗，並視親蘇聯的越南為中國南方邊境的威脅，因此中共對其他第三國際共黨政權如「民主柬埔寨」的支持，有聯合其對抗蘇聯之意。

「民主柬埔寨」就像其所推翻的美國支持的「高棉共和國」一樣，逃脫不了強權在後的命運。

被越共視為聰穎過人的洪森脫穎而出，在河內接受密集政治訓練後加入越軍。一九七九年越南入侵柬埔寨，趕走波布政權後，洪森便在越南扶植的橫山林（Heng Samrin）政府的「柬埔寨人民共和國」（People's Republic of Kampuchea）中擔任外交部長，那時他只有二十七歲。

洪森自此進入權力核心。

一九八五年洪森升任總理兼外長，更成為世上最年輕的總理，從此掌握柬埔寨政權。

一九八九年九月越南自柬埔寨撤軍，「柬埔寨人民共和國」結束，遠因係蘇聯東歐共產集團瓦解，蘇聯也自阿富汗撤退，越南失去支柱，無法再維持控制柬埔寨的軍力。

一九九一年，洪森同時與赤柬及施亞努國王等政治勢力簽署巴黎和平協定，由聯合國設立過渡政府（UNTAC, United Nations Transitional Authority in Cambodia）。九三年柬埔寨在聯合國的監督下舉行首度民主大選，結果是洪森與拉納利德聯合執政。

洪森成為柬埔寨這個顛沛流離國家的統治者後，繼續和赤柬游擊隊作戰，並宣稱也與美國支持流亡的施亞努國王領導的柬埔寨民族聯合陣線內的赤柬同盟者不和。

一九八九年越南勢力退出柬埔寨。那年，在一場致力於思索柬埔寨前途的國際會議中，施亞努當眾抨擊洪森不可信賴。「你終究是前赤柬的一分子」，施亞努說道。柬埔寨人對赤柬時代的恐怖統治仍心有餘悸，被認為和赤柬有關是不利的指控。

「不過，你現在還是赤柬的領袖」，洪森反擊施亞努。

八〇年代中期，中共曾以武器及資金支持柬埔寨王室與赤柬的聯盟，對抗越南支持的洪森政權。洪森一向指控施亞努和拉納利德父子倆仍與赤柬保持祕密關係。

為期十年的「柬埔寨人民共和國」結束後，洪森將其政黨改名為柬埔寨人民黨，並採取改革開放政策，期待改善柬埔寨的國際形象，更改國歌、國旗，也將國號改為「柬埔寨王國」（The State of Cambodia）。值得一提的是，由於國際上易將Kampuchea與赤柬政權的恐怖統治聯想在一起，因此為與赤柬保持象徵性的距離，革新政府便以Cambodia取代

Kampuchea。這正是Cambodia與「柬埔寨」中文譯音迥異的背景。此外，為了回應國際對柬埔寨人權紀錄的批評，新政府甚至廢除了死刑。

像是所有共產國家進入改革階段後的社會進程一樣，傳統復甦的典型例子就是宗教重回人們的日常生活之中，海外柬埔寨人的匯款湧入母國增建廟宇。

共產時代的集體制度結束，土地可以繼承、轉賣，自由經濟開始發芽，黑市盛行，新興中產階級形成。但同時，鄉間的貧窮與日俱增，改革開放之初，柬埔寨鄉間的窮困程度簡直倒退至二〇年代。

柬埔寨的開放與混亂，吸引了如過江之鯽的國際淘金客前來投資，土地、木材、礦場、醫院、道路交通、供電設施、各類工廠等，結果是幾家歡樂幾家愁。臺灣的經濟「南向政策」也曾以柬埔寨為標的，失敗例子不勝枚舉，柬埔寨的條件不好是原因之一，臺商投資的良莠不齊可能更是關鍵。

一九九三年大選後洪森和王子拉納利德共同執政，修憲改為王國制，國號再度更迭為「柬埔寨王國」，並恢復施亞努國王自一九五五年便失去的王位。然而，並未享有任何實權的國王，長年以健康不佳為由，滯留海外。

自一九七五年赤柬掌權「民主柬埔寨」、一九七九年越南控制「柬埔寨人民共和國」、一九八九年越南勢力撤出柬埔寨、一九九一年聯合國進入柬埔寨組過渡政府，又歷經一九九三、一九九八及二〇〇三年「柬埔寨王國」的三度民主直選。二、三十年間的戰亂政爭，政治軍事人物難免中箭落馬，但洪森始終居高不下。

不過，複雜過去留下的包袱始終糾纏著洪森，尤其是他與越南的關係。每回選戰中，洪森及其親信都明白，愈少透露過去對洪森較有利。

兵戎相見是柬埔寨與越南成為世敵的近因。事實上，自十七世紀起，柬、越兩國的悠久複雜關係便已展開。兩國之間的恩恩怨怨，使得柬埔寨人一般而言對越南人缺乏好感。因此，親越的洪森向來放任越南人自由入境柬埔寨，甚至允許柬國境內的越南移民投票，造成許多政客及民眾不滿。

反對黨領袖山藍西最會利用洪森的過去，挑撥他的階級與民族立場。山藍西企圖將洪森和洪森以前最憎恨的貴族掛勾在一起，並鼓動大批農民，主張驅逐越南非法移民，而這正是山藍西認為親越的洪森不會揭櫫的口號。

拉納利德也打起民族牌，表示若贏得大選將遣返非法越南移民，而且更進一步利用農民對王室的忠誠，宣稱若王子勝選，國王就會回國。「其他政黨送你禮物，」拉納利德曾在選戰中說，暗指柬埔寨人民黨賄選，「我們不送你禮物，我們給你個國王。」

但洪森仍和越南維持密切聯繫，雖然他已盡可能減少官方接觸，也慢慢地讓河內瞭解他不受人掌控，並成功和華人建立起商業、援助和軍事方面的關係，以彰顯自己的獨立自主。

洪森在柬埔寨的勢力之廣，可從學校一窺究竟。早年失學的洪森，發誓要建蓋許許多多的學校和道路，羅布在柬國各地的一千兩百間新建學校都有洪森的題名，大半是由商人贊助建蓋而成，鄉間處處可見「洪森小學」，洪森的政商關係可見一斑。

洪森老愛說他關心窮人甚於權力，但是他對窮人的終極關懷卻難逃檢視。

柬埔寨的國防和警力就占了預算的百分之四十三，而教育、健康和鄉村發展遠不及預算大餅的一小塊。一千一百萬名柬國人民幾乎享受不到健康服務的資源，瘧疾仍在這個熱帶國家橫行，愛滋感染率的密度之高可稱東南亞之冠。柬埔寨的嬰兒存活率、平均壽命和識字率也都低於其他東南亞各國。

雖然洪森曾嚴厲批評柬埔寨的愛滋問題源於外國人，但愛滋病的快速蔓延，柬政府是無論如何難辭其咎。柬埔寨的愛滋病開始爆發，與一九九一年進駐柬埔寨的ＵＮＴＡＣ過渡政府及一九九三年的聯合國選舉觀察團有關。文獻顯示，一九九三年之前，柬埔寨只有五名愛滋病患，九三年之後即暴增，一般認為係外來人口嫖妓不戴保險套導致病毒迅速傳播。當然，九三年之前沒有疾病紀錄也有可能是因為無檢測追蹤，但短期間大量良莠不齊的國際人士湧入柬埔寨，加上當地性別不平等諸多因素影響，愛滋感染在九三年後快速攀升有跡可循。這個國家的近代史，充斥了外國勢力滲入的悲哀。

儘管國際上對洪森的強勢甚至霸道統治有意見，但對他的和平貢獻仍是多所肯定，光是看洪森在世界各地大學領取的榮譽博士學位便可見一斑，稱許者主要是推崇洪森終結了柬埔寨二十年內戰，讓滿目瘡痍的國家得以重建。只是，長年遭受苦難的柬埔寨人民，對於政治人物的信任度仍屬保留。

猶記一九九八年底時，台塑以鄰為壑，將有毒廢料運送柬國處理，未料合約商竟將垃圾傾倒在柬埔寨南邊的度假勝地施亞努市（Sihanoukville）海港。當時這條新聞鬧得沸沸揚揚，臺灣頓時在柬埔寨的知名度提高不少，只是都是醜聞。洪森甚至玩起兩岸牌，說要和中國協商把所有的毒廢料運回臺灣。正當洪森政府及國際輿論矛頭對準臺灣之際，當地一家取向及銷路都類似《蘋果日報》的柬文報紙卻說，「那有毒廢料是洪森的陰謀，就像波布屠殺柬人一樣，洪森又開始毒殺柬埔寨人了。」

同時，民間也謠傳，說施亞努市是柬埔寨最著名的海濱觀光區，地價奇高，洪森勾結地皮商想買下當地土地，所以傾倒有毒垃圾嚇跑居民，再以低價收購，因此整個事件是一樁「陰謀」。

在一個謠言與不信任已內化成歷史深度的國家裡，政治人物隱晦的過去與政商漫天勾結的弊端，也是民間的集體創傷記憶。不知要經歷幾個世代，柬埔寨才能真正走向和平。

祭典、文化與藝術

柬埔寨的節日多得令人眼花繚亂，而且連續假日特別多，這裡只要是能放假的名目都絕不會錯過，一年三百六十五天不知有沒有放了一半。所以，在柬埔寨的外商和國際組織都自行刪假，否則跟著政府核定的節日放假的話，根本不要做事了。

和許多經歷威權時代的國家一樣，柬埔寨的政治節日真不少。不過，像柬埔寨這樣有著古老傳統的王國，節慶當然才是假期的重點。

一年之中，十月底至十二月初節日最多，先是十月二十三日的巴黎和平協定紀念日，這一天是一九九一年洪森在巴黎與國王簽署和平協定，從此流亡中國的施亞努國王終於可以回國，流亡法國的拉納利德王子也可以回國參選，接著就是一九九三年在聯合國贊助下的首次民主大選。

十月三十日是施亞努國王的生日。十一月九日是柬埔寨脫離法國殖民的獨立紀念日。十一月二十一日至二十三日是送水節（Bon Om Touk or Water Festival，和四月的潑水節不同），是柬埔寨一年之中最盛大的節慶，有划船比賽、放水燈活動、拜佛儀式，一連三天。首都金邊的慶祝活動從國王生日便開始，張燈結綵一直維持到送水節時達到高潮。

十二月十日是國際人權日。說來諷刺，這是一個人權不受重視、女性地位極低的國家。可是國際人權日和國際婦女節也是國定假日。

一九九八年十月三十日施亞努國王生日那天，我和我的華裔柬語老師玉珠、遊民項目的助理媞妲（Thyda），還有辦公室警衛塔（Tha），一塊兒散步到王宮旁的林蔭大道，這裡有金邊最漂亮的街景，王宮南邊就是觀光客常駐足參觀拍照的黃金尖塔。有趣的是，這座富麗堂皇的尖塔被稱作 Silver Pagoda，而非 Golden Pagoda。王宮北邊就是國家博物館，我後來曾在博物館後院的工作室向一個中年師傅學捏陶，那裡有木雕、陶窯等工作坊，博物館旁的藝術學院學生就在這裡實習。

國王生日前幾天，我看《柬埔寨日報》，說最近很多北方地區的農民湧入金邊，聚集到王宮前搭營。雨季又到了，鄉間患大水，沒有收成，農民希望國王賞飯吃。但是，國王說他一個人沒有辦法讓大家都吃飽肚子，要求有錢人出錢給饑民。

一個沒有辦法讓人民吃飽的國王，憑什麼當國王呢？我問我的同伴們，玉珠和媞妲說國王不好，年紀最小的塔低頭微笑沒說話。玉珠和媞妲是一對姊妹花，華裔，兩人的中文和英文都非常流利，柬埔寨開放後從泰國難民營回國。塔則是臺北海外和平服務團初到柬埔寨時房東的孤兒侄子，房東不照顧，服務團就收留了當時十七歲的塔做警衛。塔是一個憨厚靦腆的大男孩，很少表達意見。

君王在柬埔寨雖是虛位，但王國子民至今仍以國王為尊，只是國王長年不在國內，總是以生病為由遠離國土人民，但他得的多是「政治病」。施亞努常以生病須赴國外就醫休養為由，暗地處理或遠離政爭，自願流亡他鄉；第一次運用此招是一九五三年，五十年了，真是一招半式走天下。一九九〇年代以來，施亞努常待中國，聲稱急需中醫治療癌症。政敵常批評國王只知享受，不體民間疾苦，揚言要廢除國王制，只是千年王國的人民難以接受。不過，施亞努國王已於二〇〇四年十月七日宣布退位。

國王生日那天我沒有看到農民搭營討飯，不知是不是因為節日特殊而被軍人趕走了。我倒是看到了很多準備表演的人，還有一大群在王宮前草坪上玩耍的柬埔寨人。除了我週末早晨常去慢跑的、六〇年代興建的奧林匹克體育場外，王宮和獨立紀念碑附近的草坪是金邊市區內稀有的大塊空地，每到週末假日都擠滿了人，野餐、閒聊或放風箏。當然，這裡也有金邊唯一的「遊樂場」，雖然臨時簡陋，但超刺激，有摩天輪、旋轉木馬，還有那種會令人暈頭轉向的離心飛天椅。當然，少不了攤販，小吃、水果、霜淇淋、彩券、玩具、二手衣服、小學習字本、辛辣八卦的雜誌報紙，琳琅滿目。

說到遊樂場的攤販，就想起我的蘇格蘭好友林茲（Lindsay），他常在這裡吃炒麵，一、兩千柬幣一盤，不到美金五角，和老外去的餐廳裡至少四美元一餐的價格比起來，真是好吃又便宜。不過，我只見過林茲一個老外在這裡吃東西，絕大多數的老外考慮到此處的衛生條件，便避之唯恐不及。褐髮碧眼白膚、身高超過一米九的林茲，在體型瘦小膚色較黑的柬埔寨人群中，特別醒目。

林茲是我遇過最「專業」的背包族。他在柬埔寨北方山區旅行時，在原始叢林裡也是裹著蚊帳式吊床睡覺，省去住宿費，還保有了行程的自由自在，甚至也多了和老虎相遇的機會；森林裡的持槍警衛也沒有搶劫他，我真慶幸他總是能平安歸來。連我們一夥國際友人去施亞努市海邊過千禧年除夕時，他也是帶著吊床，晚上就掛在我和海蒂合住的小木屋前陽臺上睡覺，我們要他進來屋裡掛著睡，他也不肯。

好久以前林茲放棄英國數學博士的學業，背起旅行包，開始到世界各地自助旅行，這麼多年來，他沒有任何全職工作，打過各式零工，也當過新藥物實驗的白老鼠，專心旅行。林茲也去過中國大陸，印象最深的就是人們早晨刷牙時水在喉嚨裡打轉發出的洪亮漱口聲，他很喜歡學給我聽，總逗得我哈哈大笑，也愛學中國大陸那一套叫我「小劉」。

去了這麼多地方，林茲最喜歡柬埔寨，一待就是六、七年。

我唯一一次週日時在遊樂場街攤吃炒麵，就是和林茲一道，邊吃邊看柬埔寨人玩飛天椅。我們從沒見過轉得如此快速猛烈的飛天椅，速度之驚人早已超過安全標準，可是那些小孩大人玩得不亦樂乎。連林茲這樣經歷過各式旅途驚險的人都說「好可怕！」

林茲是我在柬埔寨時最好的朋友之一，因為沒有固定收入，總是自稱吝嗇，但實際上是個非常溫暖的人。對世俗成功沒有任何興趣的他，知道我在美國修讀博士，老擺出英國紳士那一套，說要向我脫帽致敬，然後再問我何時才能看破人生。因為遠在蘇格蘭的年老父母身體狀況不佳，二〇〇四年林茲離開了柬埔寨回到英國。他告訴我，準備去臺灣賺錢，好再去柬埔寨。在臺灣靠英文賺錢，好像是不少西方人在亞洲旅行討生活的手段之一。

回到我們在王宮前散步的國王生日那天。離開王宮前的草坪，我們走到洞里薩河邊，人山人海，大家都想看送水節時參加比賽的龍舟隊練習，還等著國王出來說話。我們擠了好久，終於在為國王搭建的金碧輝煌的涼亭旁河堤上找到地方坐下。我們來得晚，竟然可以擠到這麼好的位置。說起來真是不好意思，因為早已坐定的當地人，看到我這個老外瞧啊望的在找位子，就主動挪啊擠的，居然空出了可以塞下我們一行四人的位子。

在柬埔寨當老外，常令我受寵若驚。

我第一次和這麼多柬埔寨人擠在一起，雖然我穿得很邋遢，戴著高棉巾，也曬黑了，但是每個當地人都知道我是外國人，我想是我的眼鏡洩了底。好多小孩尾隨著我要錢，只是他們看起來一點也不像遊民，是一些看到外國人就學樣討錢的小滑頭。不過，柬埔寨的小孩再滑頭也沒有越南丐幫似的小鬼難纏，我在胡志明市碰到的小孩，討錢時理所當然，大膽厚顏，那油條本事真是讓我不得不為那個國家未來一代的心態憂慮。

國王生日那天放了一小時的煙火。煙火不是便宜的東西，可是柬埔寨過重要節日一定燃放煙火。十一月二十一日至二十三日的送水節甚至連放三天，每個政府部門還會出資打造一座船舫爭奇鬥豔。柬埔寨這個國家雖然很窮，過起節來卻一點也不含糊。這是一個宗教與傳統高於肚皮的地方，可以餓死很多人，但可不能讓國王與神明寒酸。

送水節可說是柬埔寨最重要的節慶活動，據說源於三世紀至六世紀扶南王朝的海軍戰役，吳哥古城的巴陽廟有不少壁畫石雕描繪扶南王朝海軍參戰的史詩。送水節就是模仿古老王國的海軍征戰，上百艘來自各省、縣、機關團體的龍船，聚集在洞里薩河進行一公里的划船比賽，每艘船都載有超過三十名的壯漢在豔陽下奮力競標。比賽一連三天，最後一天是決賽日，也是最熱鬧的日子，整個金邊進入嘉年華的氣氛，據稱每年都有上百萬的民眾從柬埔寨各地湧入金邊河岸。除了龍舟比賽，傳統音樂會、小吃攤販，還有各式各樣的工藝品，更增添了送水節的歡樂氣氛。

節慶活動雖有趣，畢竟是日常生活中的難得驚喜。說實在的，如果對卡拉OK沒興趣的話，在柬埔寨的休閒娛樂可真是有限，文化活動更別提了。當時最好的書店，就是五星級大飯店金邊金寶殿酒店（Cambodiana Hotel）和洲際酒店的小書店。那裡賣些外文書，好的書籍多以法文為主，也有幾本關於柬埔寨歷史的英文研究書籍，但數量非常有限，還不如到曼谷的「亞洲書店」（Asia Books）去找。

逛市場也許是最尋常的休閒娛樂了。金邊最大的市場是「中央市場」（Phsar Thmei），清真寺般的圓頂建築，占地頗大，從高處看中央市場的圓頂外部，非常壯觀漂亮。中央市場是金邊市區內主要的貨物交易地，可用摩肩擦踵、人聲鼎沸來形容這裡熱鬧的景況。

中央市場周邊的店家形成主要商圈，這一帶的越南咖啡豆也是外國人的最愛。越南咖啡豆喝起來極順口，不酸不苦不澀，加上那種特殊的越南咖啡沖泡器——就一個鋁製或鋼製的小罐架在玻璃杯上，咖啡粉壓在罐底，倒入熱水，比Espresso還要濃縮的咖啡就從罐底的小洞滴漏至杯內，滴完一杯至少要好幾分鐘，一般店家還會替客人加入煉乳。因為沖泡咖啡的方式簡單有趣，很多人會因好奇而來上一杯，原本不嗜咖啡的人也很容易上癮。我就是如此，去柬埔寨後沒多久，每天早上刷牙前，就把越南咖啡沖泡器放在玻璃杯上，等梳洗完畢，咖啡也沖好了，全然不費力也不用電。

其實柬埔寨北部也產咖啡豆，只是量少，所以很多人並不知道。以前我常到隱沒在民宅區內的一座咖啡磨坊去買柬埔寨咖啡豆，等待老闆秤裝分包咖啡豆時，我都會和她三、四歲的小孫女玩捉迷藏，順便好玩地和她學說柬埔寨兒語。不知是心理作用還是怎的，總覺得柬埔寨咖啡豆比越南咖啡豆還要好喝。和柬埔寨咖啡味道一樣好的咖啡豆，我只在西非小島聖多美普林西比買過。我想這些咖啡之所以如此好喝，除了咖啡豆本身的品質好以外，還因為直接在原產地購買，當然就更新鮮美味了。

外國人最愛去的市場，則是Phsar Toul Tum Poung，又稱「蘇聯市場」（Russian Market）。它分不同區，有食品區、小吃區、古物區、衣服布料區、銀器飾品區、音樂電影電子區、五金雜貨區、文具用品區、瓷器區、美容區，還有幾家可兌換世界各國貨幣的地下錢莊攤位，應有盡有。連大麻也稱斤論兩賣，一美元一大袋，品質當然不好，因為不是讓人哈兩口快樂似神仙用的。大麻傳統上是柬埔寨入湯的藥材，我喝過柬埔寨友人母親烹煮的大麻燉雞湯，真的很香，喝了也不會有副作用。柬埔寨山區的農夫開始把大麻當作經濟作物來種，始自一九八〇年代中期，是由泰國商人引進的。九〇年代起，柬埔寨政府經常有掃蕩行動，但大麻的販賣仍是到處可見，很多旅居柬埔寨的西方人，在家裡抽大麻就和抽菸一樣容易、頻繁。

蘇聯市場也有賣盜版書籍，但品質與內容都不好。不過，盜版自世界各地的音樂和電影光碟可真不錯，因為柬埔寨的外籍人士來自五湖四海，因此什麼音樂都有，我在那裡聽了不少臺灣市場上難尋的音樂。來自世界執法先進國家的外籍人士，都是這裡盜版光碟的愛好者，一張最多四美元，誰在自己的國家可以享受如此自由的市場？每個人都買得不亦樂乎，還可以試聽。在柬埔寨，要買正版音樂、電影還不知到哪兒找哩！我每個週末都會去蘇聯市場買菜，逛光碟店，常常在店裡遇到朋友，互相交換好聽好看的光碟資訊。

偶爾我也順便去看看有無新到的馬來西亞棉布，可以做那種大花大綠的衣裙和農夫褲。柬埔寨女人喜歡穿尼龍質地的衣裙，看起來華亮，不褪色也不會皺，但在熱帶地區穿這種衣服，實在是不透氣。所以我常到市場尋找棉布，都是馬來西亞進口的，沒有柬埔寨自製的棉布。柬埔寨產絲，但絲質的衣服在大太陽下穿起來也挺難受的。不過，柬埔寨絲做成的高棉巾真是美麗實用，為了配合外國人的胃口，什麼顏色都有，最普通的高棉巾一條不到一美元即可買到，那是我這輩子買過最物美價廉又輕便不占行李空間的民俗禮物。

傳統的高棉巾是紅色或綠色摻白色條紋的長方巾，是鄉間柬埔寨人的日常必備用品。別小看一條輕薄不大的高棉巾，可以包頭、遮陽、防雨，擦汗、洗臉、洗澡，打赤膊的男人常用來當圍裙，還可綁成包巾裹物提著走。我在柬埔寨時，高棉巾也成了我每日不可或缺的用品，脖子上一定掛了條高棉巾才出門。

蘇聯市場的古物區也很好玩，但真正的好古董已不多了。聽說一九九一年開放之初，市場上到處可見古物，而且價格便宜，早早就被識貨的老外買走了。不過，至今還是會看到不少有趣的器物，尤其是與華人有關的老東西，在那遙遠的時代，似乎走到哪兒都有吸食鴉片的華人。我買過不少有的沒的的小東西，像是牛骨做成的牛鈴、傳統的竹片樂器、越南來的畫有蜻蜓的瓷器、傳統珠寶盒和古式鼻煙壺等。

金邊博物館前也有幾間「文物古董店」，所謂的文物古董都是些翻刻的石雕像、木雕和油畫，大多俗氣粗糙，但若有耐心慢慢挑選，還是可能找到便宜也不錯的東西。我最喜歡大大的國王頭像和仙女全身雕像，但我知道不可能把它們扛回臺灣的，所以只好用五美元買了一個不記得名字的古王朝王后頭像，二十幾公分高的黑色仿石雕，還算精緻。我買回來那天，一直讚嘆王后美麗的側面，大大的嘴抿著微笑，線條神祕又迷人。

我太入神了，不知不覺一直研究著頭像；我的室友看不過去，說我一直摸著王后頭像嘴裡還喃喃自語的模樣，看起來「很猥褻」，真是笑死人了。我想我又被柬埔寨古人的神祕微笑迷住了，就像我曾被吳哥古城巴陽廟的國王微笑迷住了一般。

不知是否受到法國殖民的影響，柬埔寨與越南的油畫家真不少，不過還是越南的好油畫多一些。一般而言，越南的藝術文物、工藝品質都較柬埔寨好。金邊有幾家小畫廊，常從越南進口油畫。我偶爾會和法國友人瓦桑（Vincent）去逛逛，瓦桑很愛買油畫，有時會請我陪他去挑選。我在越南北部的河內和中部的順化（Hue）見到的油畫，畫風和金邊常見的越南進口油畫頗為類似。我也從順化挑了七、八幅小油畫回來，有幾幅我留在柬埔寨了，其他的帶回臺灣，但不知被我塞到哪裡去了。

我在柬埔寨的時候，金邊沒有電影院。唯一看大銀幕好電影的機會，就是法國文化中心定期的電影放映。這中心是許多老外，尤其是法國人的最愛，是金邊文化活動最多、品質也最佳的場所。為了維持法國文化在前殖民地的影響力，也為了給海外法國人提供「優質」文化生活，法國政府可真是花費了不少經費、心力籌辦各式文化活動。

我曾受邀在法國文化中心演講，介紹臺灣原住民的歷史文化。為了讓聽眾對臺灣及臺灣原住民有清楚的視覺印象，兩位金邊大學法語系的女學生，以及當時正來柬埔寨玩的臺灣朋友小馬，協助我製作了臺灣地圖，那個拿過世界新聞攝影冠軍、旅居紐約、馬格蘭攝影通訊社（Magnum Photos）唯一臺灣會員的朋友張乾琦也夠義氣，在臺灣幫我翻拍了不少介紹原住民文物的幻燈片。就這樣，一九九九年三月，我對著一群法國人、柬埔寨人、臺商、同事，還有我不知道何許人也的聽眾，介紹了臺灣原住民的歷史。

聽眾的回應很有意思，但有一個問題我至今也不知如何回答。一名在柬埔寨、越南北邊山區做研究的法國語言學者問我，臺灣原住民和中南半島北部的蒙人（Hmong）有何關係，他覺得部分臺灣原住民的文物器具和蒙人的很像。我知道蒙人被認為和中國大陸的苗族是同一支，但可沒聽說過苗族或蒙人與臺灣原住民有地緣或文化關係，這兩類人分屬不同語系哩！只是，沒研究過我也不敢斬釘截鐵地說不。

在法國文化中心看過的活動，令我印象最深刻的是一名柬埔寨老樂師帕拉・穹（Prach Chhoun）的表演，七、八十歲的老樂師，像臺灣的陳達一樣，彈著琵琶一般的柬埔寨傳統樂器，自編自唱逗趣古調，獨挑大梁一個半小時。我雖然完全聽不懂，但居然可以適時大笑，可見老樂師的感染力超越語言限制。文化中心的負責人很自豪能夠從外省請到老樂師來表演，推崇老樂師為柬埔寨的國寶。表演結束時全場聽眾掌聲如雷。

還有一位柬埔寨傳統皮影傀儡藝師也令我印象深刻。他叫滿・格索（Mann Kosal），一九八二年由西北方的馬德望省（Battambang）來到金邊，先在藝術學院學了七年傳統戲劇，後來才學做皮影傀儡，沒有老師傳授，完全自學，傀儡角色的設計一手包辦。我拜訪格索時是二〇〇〇年二月，他告訴我，因連續六年每天工作十小時以上雕刻皮影傀儡，當時年僅四十歲的他視力已模糊不清，醫生要他最多再做一年就不要做了。

格索的技藝之好，國際有名。他主要是在一個叫金色年代藝術協會（Sovanna Phum Arts Association）的組織裡做他的皮影傀儡，一名麻利瀟灑的年輕法國女子負責把格索的作品銷到國外，來自法國的訂單最多，澳洲、義大利、日本、中國、泰國、比利時、英國、美國、德國都有客戶。偶爾，也會有皮影戲在格索的組織上演，來看表演的大多是西方觀光客。

金色年代藝術協會曾於二〇〇四年底，受邀在臺北華山文化創意園區戶外劇場的「亞洲相遇」（Asia meets Asia）活動中，和菲律賓的民答那峨島與臺灣原住民一起表演。

我非常喜歡格索的作品，活靈活現的，可以很傳統，也可以很現代，甚至兩者兼具也不減藝術性。我拜訪格索之前的六年間，他製作的皮影傀儡已超過千件，從上市場買牛皮、清理牛皮，到設計雕刻完工，全是他一手包辦。我在格索身上看到了傳統精工匠那種屏氣凝神的專注，那近乎神聖的特質令我為之動容。

我拜託格索，他要開始處理牛皮製作新傀儡時，請通知我，我很想見識整個過程。

其實，我更想見識的，是格索那種維繫工匠技藝的精神。

二月十九日元宵節那天，一大早格索打電話來，說他剛從南邊郊區的甘丹市場（Kandal Market）買了張牛皮回來，準備動工了，問我要不要過去看看。早晨七點，聽到格索這樣說，顧不得瘋狂週末夜殘留的疲倦，我要他一定等我，馬上到。

匆匆梳洗完畢，拿起相機，就搭著摩托計程車趕到了格索那。他臉上始終掛著含蓄靦腆的微笑，沒有中年男性的世故，不多說，便開始工作。格索從一個大袋子裡拿出一團血淋淋的牛皮，還掛著一條長長的牛尾巴哩！十四公斤重，攤開成兩公尺左右的不規則形狀，成堆的蒼蠅立刻黏在牛皮上不走了，但格索完全不受蒼蠅與牛皮的腥羶味影響，用棉繩縫住牛皮邊緣，再將繩拉扯緊繃，釘在預備好的木條框上。

然後格索開始刮除牛皮上的血肉。這個過程看似簡單，其實可不容易，力道太小，殘餘的血肉很難清除乾淨，但若施力過大，皮破了可就沒戲唱了。格索仔細清除牛皮，邊刮邊把除下的血肉丟給一旁的小狗吃。那隻灰色短毛的小狗還真是工匠養的，我沒見過能夠這麼耐心等待的狗。

格索專注地清理著牛皮，偶爾抬起頭來笑一笑。雖然不過早上九點，太陽還沒到頂，但也夠熱了，我特地背來FM2手動相機，但照相的動機其實遠低於只想蹲著呆望的心情。當初拜訪格索並提出拍照要求時，並沒有撰寫任何文章的打算，我也老實告訴格索是我個人的好奇與興趣。格索全然不介意，並說只要我有興趣，他很樂意跟我說話。

格索是這樣一個沒什麼心眼、手藝又好的工匠，我問他會不會讓他的孩子繼承衣缽，他說他們還小，一個男孩六歲，一個女孩五歲，等他們長大了，他的眼睛也不行了。未來，很難說。

牛皮上的血肉清理得差不多後，再用水管沖水清洗，原來血肉模糊的牛皮變成近乎純白色，此時，太陽也近正午了。格索和他的學生賓（Bin）合力抬起木框，移到一旁曬太陽。格索有不少學生，但只有賓跟著學習雕刻皮影傀儡，其他的都是學皮影戲的操作。

工作暫且告一段落，格索引我到戲棚外的涼椅上喝茶，我們開始閒話家常，看他設計的各式皮影人物。我看上一個征戰國王的造型，拜託格索製作一個。半個多月後，我帶著那大小剛好可塞進一個大皮箱的皮影傀儡回到臺灣。臺灣氣候潮溼，皮影傀儡有些沾上黴菌，但皮質很厚，所以至今形狀仍堅固完整，每次看到這個皮影，就想到格索的專注。

我常在想，到底維繫工匠的那種專注精神從何而來？

我在鄉村合作學校的辦公室警衛契先生（Mr. Kith），年約六十，小學校長退休，頗有

儒者氣質。有一天，我們在教室裡舉辦衛生教育的教員訓練工作坊，請金邊大學公共衛生碩士膠・西索（Keo Sitho）來講解。西索把複雜的衛生知識講得生動有趣，我也聽得津津有味。但窗外突然一聲重物落地的巨響，讓我不得不分心，我太過好奇，偷溜出教室跑到窗外一看，一顆椰子由好幾公尺高的樹上墜落地面，椰殼也沒破，但椰蒂已呈現乾燥纖維狀。

契先生在遠處納涼，我跑過去指給他看那顆椰子。我想的是還好沒人正巧經過椰子樹下，不然還得了！契先生卻走進辦公室，搬出一顆碩大的棕色椰子，靠近頂端處切了道弧狀，製成了一個蓋子。老校長打開蓋子，裡面現出一盅瓷器茶壺。原來，椰子殼厚厚的纖維內部成了最好的保溫層。契先生巧手揀選合宜的掉落椰子，做成兼具藝術與實用性的茶壺保溫器。為了美觀起見，契先生在椰子外殼上塗了一層亮光漆，還可防水。

幾個星期後，我剛到達學校時，契先生就捧了個椰子茶壺保溫器給我。這是他特地做了送我的，我歡喜極了。這麼大的一個椰子保溫器，也被我帶回了臺灣。雖然從沒用過，也很占空間，但我始終捨不得把契先生特製的保溫器扔棄。

是生活，我想。在格索和契先生身上，我充分感受到了那種視工藝為生活一部分、認真活著的態度。也是這種專注，讓吳哥窟的石雕經歷世紀風雨、人禍摧殘後仍精巧動人。雖然柬埔寨的長年戰亂造成的文化浩劫，讓許多精工藝術消失或傳承中斷，但我相信，找得回的。王宮、博物館裡只剩殘破的古王朝歷史文明，連保存都得仰賴外人。但幅員遼闊的柬埔寨，禮失求諸野，是有可能的。

明天

現代化的發展標準到底是什麼？每個人都可能有不同的意見。不過，我相信，大多數的人，都會把經濟發展指數列為主要標準。「拚經濟」可能是全球化中最普遍的心態，而效率與勤奮，常是經濟是否拚得起來的關鍵。滲入東南亞及中國大陸的臺商，最常斷言一個地方欠缺經濟前景的說法便是：「人太懶、太笨，工作沒效率。」也許吧，當這些標準成為既定的「現代化」準則時，遊戲規則已決定了比賽結果，還有什麼好玩的呢？

我想看的卻不只是經濟因素。許多令人寧願不要所謂現代發展的非經濟理由，讓我思索經濟發展的迷思。

我又想把柬埔寨和越南這兩個世敵、同為前法國殖民地、差不多同時對外開放的「發展中」國家對照一下，說說我對發展的感想。

我曾異想天開和朋友完成兩千公里的越南長征。兩千公里?!臺灣南北也不過三百多公里。光是路程就花了四十六小時，累到我抵達河內時腰痠背痛，還發了一天燒。

最大的收穫是，我再也不敢夢想坐火車穿越西伯利亞了。

首先，我們從金邊坐巴士到越南邊境，花了五小時。下車徒步走過一段無國家管轄的邊界，對於來自島嶼的我，真是稀奇的經驗。我在那無人管的邊境上駐足停留了一會兒。光禿禿的黃土地上，只見過關的旅客來回行走跨越那沒有實際界線卻是權威無限的邊境。咫尺真的有如天涯。大熱天的，在沒有任何樹蔭遮棚的黃土地上走了近十分鐘，抵達越南關口，只有一名長得酷帥的越南官員，著紅星卡其制服，檢查二十多名旅客的行李及證件。那越南官員動作緩慢而仔細；每一位旅客的行李都被全部翻出一一檢驗，神色不慍不怒，甚至可說是面無表情。

不過二十幾人的陸地通關手續就花了兩小時。

終於過關了，走出海關又是別有洞天，綠樹涼蔭下有許多飲食涼水攤販，還有接駁的小巴士等著客人出關上車。終於找到了接駁我們這一行人的小客車，報上要下車的地點後，我們就坐在後座。一路上的自然風景和柬埔寨很相似，只是人很不同，尤其是老農頂上的越南斗笠，說明了我們所在之處，路旁的屋子和中國南方的民宅頗類似。

又顛簸了兩小時才到胡志明市。從金邊到胡志明市，這一段路約兩百公里。

後來又從胡志明市坐火車到順化，花了二十二個小時，再從順化坐巴士到河內，又是十七個小時，這一段路約一千八百公里。

整個旅程在車上的時間，一共是四十六個小時。有兩個晚上是在車上過的。一個晚上坐的是椅背成九十度的長途汽車。「九十度」不是隨便說說的，那椅背可真是筆直，從沒坐過這麼不考慮人體工學的長途汽車。另一個晚上坐的是最高級的單間臥鋪，這種單間臥鋪的價碼和飛機票差不多，大概只有我們這種好奇求新鮮的觀光客才會願意花高價受罪。

我對越南的火車臥鋪可真是印象深刻。沒有空調，車窗打不開，卡死了，火車服務員也沒辦法，就只好這樣一路悶到河內。車上的小販多得不得了，為了清靜，我們把車廂門關起來，誰知道，那門是裡面鎖了，外面卻打得開，小販們管你關門與否，把你的門一拉，輕輕鬆鬆就開了，然後向你兜售東西。除了小販，路過的乘客也像參觀動物園似的，隨便打開你的門往裡望，像開自家門一樣隨意。我們累得很，卻不得片刻清靜。我索性拿出旅行隨身攜帶的曬衣繩，在門閂和車廂內的鉤子上努力串繩打結，費盡心思，心想閒雜人等總打不開門了吧！正得意時，乘務員卻來敲門查票，狼狽極了。

走了這麼一段長征路，首要的感想是，一個國家要發展經濟，公路系統要發達才行。越南是個長條形的國家，南北貨運交通主要靠公路，當然也有火車及航空。和柬埔寨比起來，越南的主要南北縱貫公路真是筆直順暢，一路上貨車頻繁往來。而柬埔寨，靠著先前的法國和蘇聯以及晚近的日本等國金援或貸款建造起來的公路，以金邊為中心，往四周省分輻射散開，至今仍是坑坑窪窪、有一段沒一段的。在柬埔寨鄉間爛泥路或石子路上開車，有時會突然來上一段令人驚豔的水泥路，沒頭沒腦的，就那十幾公尺的好路，說明了預算限制和階級優勢，政府預算被貪汙到只剩杯水車薪可以修整十公尺的道路。也有富人自掃門前雪，把家門前的路修得美美的，當成自家鋼筋水泥洋房的延伸。

不過幾年光景，光是從公路系統的差異來看，柬埔寨和越南兩國的落差愈來愈明顯，功利態度更是有別。在越南買東西，小販緊緊地監視你，促促地向你推銷。而柬埔寨的小販，多是等著你慢慢挑揀，不買也沒有慍色。

越南人有華人那種縫裡插針式的賺錢精神，柬埔寨人（華裔多屬例外）卻沒有。這種精神，讓越南如此快速地把柬埔寨甩到後頭，也讓臺商受不了柬埔寨人的「笨、懶散、沒效率」，而轉移至「勤奮、肯賺錢、學習力強」的越南，更讓越南的各大城市都積極往前看，而處於聲音失控的狀態。

越南令我印象最深刻的就是喇叭。不管大車小車，前面有沒有車，喇叭都像是接觸不良似地隨時隨地亂按，完全沒有目的、無意識似地亂按，連沒有喇叭的三輪車夫也湊上一腳搖鈴助陣。

趕路趕個沒停的越南啊！

不論好歹，越南的一切都那麼有動力與積極而行。相形之下，柬埔寨就像是仍處於前工業狀態的社會，即使也想發展，人心的轉變速度仍是跟不上。

也許就是效率低，才與傳統的距離靠得稍近，讓柬埔寨保留了優美舞動的文字。而向效率看齊的越南，自十七世紀殖民時代，就因便利之故，放棄了以華文為主的傳統文字，改為羅馬拼音，成為一個沒有自己文字的國家。

柬埔寨未向法國殖民者主張的「現代化」和「效率」低頭。一九四三年，法國殖民長官戈蒂埃（Georges Gautier）宣布他想用羅馬拼音取代柬埔寨文字的四十七個字母。柬埔寨文源於中世紀的印度梵文，對於外國人而言太難學，被認為有礙行政公文效率。戈蒂埃及其支持者認為，改變柬埔寨的文字是一種「現代化」的做法，認為柬埔寨人想要保留古文的心態太落伍。

但是，柬埔寨人，尤其是佛教僧侶，將法國人的「改革」建議視為對傳統的破壞。佛教僧侶在柬埔寨傳統社會中扮演教育者的角色，許多古文經典只有僧侶才看得懂，所以在社會中地位頗高的僧侶，對法國人的建議反對最烈。只是，法國人仍於一九四四年至四五年間，積極鼓吹文字改革的想法。一九四五年第二次世界大戰期間，日本人進攻中南半島，法國殖民政府才被迫放下此議案。日本人解除法國政府武力後不久，施亞努國王便應日本政府要求宣布「獨立」，將國家由法文名稱 Cambodge 改為柬文發音的 Kampuchea。獨立後的柬埔寨政府最先採取的行動之一，就是取消文字改革命令。

當時以僧侶為主的柬埔寨知識分子，視法國的命令為對柬埔寨文明的打擊。僧侶在這個小乘佛教國家，不只扮演了宗教傳承的角色，更是維繫傳統文化及社會穩定的重要力量。

絕大多數的柬埔寨村莊，包括金邊在內，都有各式寺院佛塔，大小不一，鄉村學校通常都和寺院建在一起。第一次拜訪鄉下住家附近寺院裡的老和尚時，曾擔心我的女眾身分不宜登堂入室，結果和尚們不僅沒有禁忌，反而爭先恐後地和我聊天。老和尚說，近幾十年來出家的和尚多是孤兒，赤柬時期的孤兒尤其多。

柬埔寨是東南亞愛滋感染率最高的國家，有些國際組織也和寺院合作，收容照護愛滋病人或其孤兒。寺院就像是柬埔寨鄉村的孤兒院，收容這個國家的受難靈魂。

在寺院裡，我好像看見了柬埔寨的歷史縮影。

小乘佛教的興盛使得這個國家寺院林立，長年的內亂讓寺院成為人們暫時安身立命的喘息空間。隨著恐怖統治與流離失所的時代結束，開放發展的磁力卻讓年少的和尚們浮動，想要放下傳統奔向經濟前途。我見到的年輕和尚，都沒什麼心思讀經，倒是成天想著學英文、電腦。他們告訴我，如果有機會學習別的技能，就不要當和尚了。

就像是這個國家曾經歷過的宗教變遷一樣，現在新一批的國際傳教士也相繼湧入柬埔寨，傳遞新的信仰——基督教、技術、經濟與發展。連和尚們都想站上這股新教浪潮。

只是，經濟發展的浪潮由金邊起伏到農村後，也只剩下泡沫幻影。柬埔寨鄉間的發展，仍停留在也許是臺灣一九五〇年代的光景，農村生活困難，雨季又常逢大水，大量的農村人口流動到金邊尋求生路。年輕有機會者，可能到工廠打工，沒門路者只能流落街頭乞討或偷竊。不少農村少女被人口販子拐騙到金邊甚至泰國賣春。我在湄公河畔的乃良工作，就眼睜睜地看著經常拜訪的家庭中兩名青春期少女「不見了」，家人說是經人介紹到金邊的成衣廠打工，但從此無下落，我回到金邊時也找不到那家所謂的成衣廠。經常處理被誘拐販賣孩童的「小水滴」孤兒院的法比歐說，「到金邊成衣廠打工」是人口販子到農村拐賣少女的慣常伎倆。其實很多父母都知道實情，只是，棄貧從娼，是貧窮鄉村邁向經濟發展時常見的「慢性病」。

不可避免的，柬埔寨繼續往自由市場經濟的發展道路上走去，但在其跌跌撞撞的現代化歷程中，我卻看見一些美麗的「非現代性」殘存。

回憶起來，越南之旅至今仍歷歷在目，去時我坐了四十六小時的陸上工具；回程時，我是一路搭飛機由河內經胡志明市轉金邊，馬不停蹄。我簡直是逃出越南的。在越南時，我極度想念柬埔寨人的單純。

多年過去了，我相信柬埔寨鄉村的變化不大，只是，經濟發展的驅動力，終究會將柬埔寨轉型成什麼樣，我不知道。只好祈禱，小乘佛教的精義仍會留在當地人的血液中，存其優美的溫厚及隨意。

失夢園

柬埔寨曾經是許多臺商的夢土，一個戰後國重建的大餅，的確充滿商機。一九九二年，第一批近百名臺商進入這個五倍大於臺灣的國家尋找機會。一九九五年，臺灣喊出「南向政策」並在柬埔寨設立代表處後，近四千名臺商湧入柬埔寨。但二〇〇〇年以後，只剩四百名臺商留在這裡。不到十年，多數的臺灣投資者不僅鎩羽而歸，甚至有的全身覆沒、魂杳異鄉。柬埔寨成了名副其實的「失夢園」。

很多人，包括我自己，對在東南亞、中南美洲和中國大陸的臺商有些偏見，總認為其中充斥不少投機分子，甚至勞力剝削者。在柬埔寨的歲月裡，我算是近距離地看到了一些臺商的負面形象，但同時也進入他們的生活脈絡中，體會了無所不在的無奈。商人到底在尋找什麼?「利益」當然是直接的答案，但是冒險或賭徒精神也是不可或缺的吧!也許兩者兼具是我在柬埔寨見到的多數臺商的共有特質。他們個性四海，人在江湖。

在柬埔寨投資，一道道的關卡，讓許多中小資本的臺商在一九九〇年代初期就逐步走向泥淖。最大的問題之一，就是語言，真正的Lost in Translation。

很多臺商初到柬埔寨便覺親切，因為有許多華裔柬人會說華語，不少臺商就像認老鄉似地不辨善惡，很快便對其推心置腹，結果是上了賊船。有些被騙的臺商，甚至反過來夥同當地華人欺騙更晚到的臺商。被自己人誆騙的滋味，最令臺商憤憤和不齒。當時在柬埔寨的臺商沒幾個會說當地語言的，會說流利英語的也是鳳毛麟角，當然只能依賴華裔柬人的翻譯，這是臺商自我條件的先天不良。

語言的問題也影響臺商找「女朋友」。臺商的圈子關係密切，大家互相依靠幫忙，他們之間有一個共同的默契，就是不問初來乍到者過去在臺灣是做什麼的。很多臺商是形單影隻地來到柬埔寨，又非常害怕安全問題，很少出門旅遊，無聊的生活加上「小姐」便宜，包個固定「女朋友」的臺商真不少。

最受青睞的就是會說一些華語的年輕華裔越籍女子。在柬埔寨討生活的越南女子多如過江之鯽，其中許多從事特殊工作，在KTV或舞廳打工，涉及性交易。越南是社會主義國家，明令禁娼，很多越南女子便到柬埔寨找機會，當時不過十條大街的金邊，娼妓館或從事性交易的場所比比皆是。臺商經營的舞廳和KTV，清一色用的是越南女子，真正的「物美價廉」。一九九八年時，帶出場過夜費只要五十美元，有的還每三個月替小姐做一次愛滋病篩檢，「品質保證」。曾有一位臺商說，如果柬埔寨真的掃蕩色情行業，這個國家的觀光業就會垮掉。該名臺商的說法或許誇張，但也許反映出眾多臺商（以及日本、新加坡和香港的男人）到柬埔寨，尤其是金邊觀光旅遊的真正目的。

亞洲商人在柬埔寨可謂獨樹一幟，遺憾的是，一般不是正面形象。當年，在柬埔寨的商人除了臺商，其餘以來自新加坡、馬來西亞、中國內地和香港為多，而這裡的西方人多是政府相關機構人士、國際組織工作人員和旅遊晃蕩的年輕人。由於商業勢力遠大於西方國家，所以亞洲商人變成「多金」的代名詞，在通過海關時，常會被想要貪汙的海關私下索取五至二十美元的「腐敗稅」。不給，海關就刁難。其實，即使不給錢任由海關刁難，最後也不會有事，但亞洲商人總是不談原則，慣於花錢了事，造成惡性循環，永無寧日。每次經過柬埔寨海關，即使我拿的是組織工作簽證，我的臺灣旅行證件也總是讓海關以為可以對我施以同樣伎倆。不過我都佯裝聽不懂他們在說什麼，結果常常就是讓我最後通關，以表達他們的不爽。

亞洲商人和西方人在金邊的生活方式非常不同。比方說，在金邊街上，常見西方外籍人士搭乘摩托計程車，但很難見到亞洲商人搭乘摩托計程車；週末晚上，一般的酒吧裡也很少見到亞洲商人。多金形象的亞洲商人常成為搶劫綁架的對象。這讓許多亞洲商人非常憂慮金邊的安全問題，不敢隨便暴露在大街上。

臺商可能更沒有安全感。一九九七年，臺灣駐柬埔寨代表處被柬埔寨的強人首相洪森關閉了，臺商都有「國際孤兒」的喟嘆，當然得自求多福，小心為上。

為求自保，許多臺商在柬埔寨定居的第一件事便是自備手槍。經常可見臺商腋下夾著一個二十多公分長的黑色皮包，裡面裝的就有手槍。當年，兩百美元便可買到一支手槍，AK－47的衝鋒槍更便宜，七十美元便可到手。

除了持槍自衛外，臺商多會僱請保鏢開車或看門，有些非常沒有安全感的臺商，甚至會在四輪傳動車後座配兩名保鏢，前座再加一名，武裝保護。我剛到柬埔寨後，幾名臺商請吃飯，晚上回去時，那些臺商要他們的帶槍保鏢坐在我們車上，然後他們自己再開一輛車尾隨我們護送到家。我第一次和持槍人士同坐一輛車，心情真是複雜。

這些保鏢多來自軍隊，由將軍向臺商出租部下，長官自己抽八成傭金。雖然匪夷所思，卻也符合現實。柬埔寨政府經常發不出薪水給軍隊，沒錢養家糊口的軍人可能一晃眼就成了搶劫的盜匪，所以臺商僱用軍人當保鏢，也算有詭異隱微的正面意義吧。有些臺商戲稱：「我們是在替柬埔寨政府養兵。」

只是，買手槍、僱保鏢反而可能有樹大招風的效應。這無疑是向搶匪和綁匪表明自己是有錢人，所以有些臺商採取其他對策，保持低調。

有位經營得道的臺商說，「世上沒有完美的投資環境」，認為許多臺商誇大了柬埔寨的缺點，不會從全球經濟的外部觀點來看柬埔寨投資環境的轉變，只會一味怪罪柬埔寨的環境不好。和臺商經常批評柬埔寨「缺乏專業素養」一樣，不少在柬臺商自己就不是專業的投資者，或者慣於用走後門的途徑解決問題。

許多臺商在柬埔寨付出不少沒有收據的成本。曾有一名鞋廠的臺商告訴我，運輸一貨櫃的鞋子，不論是進口或出口，都要給海關三千至四千美元的回扣。這樣下來，一船十個貨櫃的損失就高達三萬美元。

一九九五年以前，柬埔寨採取非常開放的政策，「開放」得讓許多投機分子以為這裡真是投資天堂。例如木材業，一九九五年以前可以隨意砍伐；一九九五年四月以後，柬埔寨政府開始管制伐林；在聯合國的強力施壓之下，一九九八年後柬埔寨更是禁止砍伐山林。由於許多伐林業都是臺商投資的，損失當然慘重。曾有一名臺商因此損失了上千萬美元，後來只好轉移至中國大陸。不知該名臺商在中國會不會遭逢同樣命運。

根據柬埔寨發展部一九九九年的統計，臺灣是柬埔寨第二大投資方，投注了一億四千萬美元，臺灣官方也抱持同樣說法。但是，不少臺商對此嗤之以鼻，他們說：「如果我們真的這麼大，為何還是沒什麼力量？」

曾經在柬埔寨做生意頗有成就的陳啟禮也說過：「這說法根本是個笑話。」

我曾向一家與美國合資、生意規模龐大且有制度的臺商請教此問題，得到的答案是，這項統計只包含了私人投資，但許多國家和地區對柬埔寨的投資是以援助的名義進行，並不會列在商業項目上。我想這是合理的解釋，很多國家和地區（包括日本及西方國家）的援助，確實包含了許多產業培植投資。

臺灣是夜郎自大嗎？還是不自量力？或許兩者皆是。

我猶記得一些在柬臺商的草莽行徑，他們憑著一股衝勁來柬埔寨打天下，甚至會基於愛國心而大肆舉辦國慶晚會，和金邊的中國領事館對著幹，卻沒想到事後外交部只補助一千五百美元，徒呼奈何。

五湖四海卻不見得意氣風發，儘管人數銳減，臺商為何還是要去柬埔寨投資？也許就如一名臺商好友說的，柬埔寨有的是臺灣沒有的自由和無拘無束，來這裡，不只是想賺錢，也是一場冒險。

告別高腳屋

「昨晚妳離開後，中心發生了一件事。」法比歐以那一貫的正義凜然口吻突然說起話來。正陷入與通心麵交戰的我不得不放下刀叉，抬頭不解地望著不過二十出頭光景卻已腦袋微禿的法比歐。「什麼事呢？」「將塔（Jantha）半夜被社工發現在吸吮蘇卡（Suka）的陰莖。」聽得我有些愕然，「將塔幾歲？」「七歲。」「蘇卡呢？」「五歲。」我們對看了一眼後幾乎是異口同聲地說：「將塔又是一個受過性虐待的孩子吧！」就這樣，我完全不記得那天我點的通心粉是什麼口味的了。

但是我清楚記得這段對話，我和法比歐難得在金邊約了一起吃飯，就在優美的洞里薩河畔餐廳。

法比歐是我在乃良非正式教育工作站的鄰居、「小水滴」孤兒院的工作人員，來自瑞士義大利語區的他，是個對生命非常嚴肅，嚴肅得我不知能否對他開玩笑的年輕人。他和他的主要工作夥伴克里斯多夫（Christopher）兩人一個樣，以社會運動的批判態度在柬埔寨工作，不加入國際組織註冊成立的協會，不願浪費時間在外籍人士的社交活動上，把絕大多數的時間奉獻在解決兒童被拐賣的問題。有時我不禁想，是不是瑞士那種優渥平靜的環境，讓他們看到亞洲的不合理時，這麼容易激動。

「小水滴」也是少數我知道在金邊沒有辦公室的國際組織，法比歐他們長待鄉間，即使去金邊也是住在旅館。在金邊的外國人，尤其是西方人，大多練就了在冷氣別墅內研讀發展中國家悲慘處境的本事，然後將之轉化成科學理性的報告；其政府再以精密的外交考量與預算衡量，佐以人道救援的香料，將一道道的發展美食端上發展中國家政府的餐桌，而悲慘的人民就在餐桌下等著大官朵頤飽食後扔下的渣滓。這當然不是國際組織援外的目的，不幸的是，卻是經常發生的結果。這是克里斯多夫最痛恨的事。

我有幸成為他們的鄰居，也許該說，如果不是因為他們的協助，我可能也不會進入乃良開辦非正式教育。

我離開巴薩河畔的高腳屋後，便積極尋找下一個計畫點，我希望找一個沒有國際教育組織進入的地方。因緣際會，我認識了克里斯多夫，他邀我到乃良看一看，認為也許我們可以合作，我辦教育，他們做技術訓練，補對方之不足，擴大對地方的協助。我被他說動了，一起從金邊坐著開往越南的野雞小巴士，顛簸了三個小時，終於渡過湄公河，來到乃良，當晚我就住在他們的高腳屋。經過一番調查，我選定了這裡做為非正式教育計畫的地點，在我覓到合適的辦公室兼住處前，我一直住在他們那，和法比歐及後來的義工里察（Richard）成為室友，三人輪流煮飯，第一天義大利餐、第二天法國餐、第三天中餐，這樣輪流下去。

就是住在法比歐那裡近一個月的時間裡，我與中心孤兒院有了不少接觸，也經常隨同他們的「大轉彎」（U Turn）活動，到附近湄公河畔的港口村繞一圈，巡一巡看村裡的孩童為何最近沒來中心上課，或是年輕婦女為何不再參加縫紉課程。

我也是在那裡見到將塔，那個被發現半夜吸吮小小男孩陰莖的小男孩。將塔平常看起來沒什麼異狀，只是有點安靜，我跟他講話，他從來不回應，我也不知道他到底有沒有聽懂。

中心的小孩，絕大多數都是曾被誘拐販賣的流浪兒童，心理問題較多。但我沒見過像妹妹這樣經歷過苦難後還如此開朗的小女孩。

妹妹是在柬埔寨西北部與泰國交界的邊境地帶一個叫詩梳風（Sisophon）的地方被發現的流浪兒童，被克里斯多夫帶回了「小水滴」在當地的孤兒院，一九九八年時才五歲，是一個長得聰明可愛的小女孩。

我非常喜歡妹妹。她和大部分的柬埔寨小女孩不一樣，不害羞，愛講話，常大笑，不愛穿裙子，個性像小男孩，和其他小男孩一起玩時，會做出拳打腳踢的開玩笑動作。我每次看到她抬腿踢其他小男生時，就想笑，好像看到自己小時候，也許是這個原因，我特別喜歡妹妹。

我對妹妹喜歡到甚至想要收養她。

我第一次想要對一個生命負責。在妹妹身上，我看到一種對生命樂觀伶俐甚至有些無謂的態度。妹妹常常賴床，爬不起來吃早飯，當大家都守規矩時，妹妹總是吊兒郎當樣，但是她又很有禮貌，讓人很難對她生氣。我常在早上去「小水滴」拜訪時，在門口遇見睡眼惺忪的妹妹，手裡抓著兩百元柬幣（當時約合臺幣兩元），說是老師要她去買早餐吃。

妹妹好像對什麼事都來去安之似的，小小年紀就一副很有膽識的樣子，不愧是「混過江湖」的孩子。我很希望妹妹能得到好的教育，這麼聰明自在的孩子，不栽培真是可惜。只是，因為和臺灣一樣的歧視，柬埔寨政府不准單身女子收養小孩。中心的小孩，運氣好一些的，都是被歐洲夫婦收養去了。

沒能再見到妹妹，是我離開第二個高腳屋的遺憾之一。

我的第二個高腳屋，是在乃良的湄公河畔，院裡有一株很大的波羅蜜樹，兩顆碩大的波羅蜜果實就吊在樹幹上，唾手可得。波羅蜜長得有些像那味道重得成為唯一被禁止帶上飛機的水果榴槤，但外殼上的刺不似榴槤又尖又長。我腦海裡總印著一幅影像，瘦弱的同事艾瑪著連身長裙蹲在地上，右手拿著一把大菜刀，左手用一條毛巾抓住榴槤刺手的外殼，奮力剁開榴槤的模樣，她對榴槤的迷戀真是令我嘆為觀止。我也有自己的迷戀。在柬埔寨外出時，我從不買水喝，渴了就在路邊現選現開一顆椰子，享受清香的椰子汁和椰果肉，不過臺幣七元左右。東南亞的水果令人驚異，長相奇特，但真是滋鮮味美。

除了那株大波羅蜜樹，我更記得第一天爬上高腳屋時的詫異。房東已把房子清空大半，準備讓我們搬入，我走進最靠陽臺的一個房間時，裡頭空空的，只有一根柱子上凸出一方小臺，上面擺了一個罐子，我好奇地湊上前仔細看，突然看到一張相片瞪著我，嚇得我倒退了一步。雖然我知道房東可能是華人後裔，因為中年的她法文流利，顯然受過良好教育，但怎麼也想不到她會把骨灰壇放在房裡。我後來才知道那是她先生的骨灰，真是鶼鰈情深哪！但怎麼在房客來看房子時也不將之移開呀！我後來每回進那間房時，總是不由自主地瞄一瞄那空空的一方小臺，心裡怪怪的。我當然不肯住在那間房，拜託一個男助理去睡那。

搞定了辦公室及住處，我也在金邊招募新計畫的工作助理。在幾十份履歷表中，只挑出了十名應徵者面試，我把最引起我注意的媞妲放在了第一位。和媞妲一談完後，我就知道其實不用再面談其他人了。

媞妲是那種粗壯有力的柬埔寨女子，笑起來真夠豪爽的，在國際組織的工作經驗豐富，以前老闆的介紹信也誇獎她。後來和她一起工作時，我真的相信，如果不是因為要結束計畫，以前的老闆應該不會讓她離開。我告訴媞妲，我能提供的薪水比她以前的少，但如果可能，我希望她能盡量主導新計畫，因為我們終究會離開柬埔寨，我希望未來她能接手這計畫。對像媞妲這樣能幹又有毅力的女子，我提出的條件吸引了她，她要的就是挑戰與做自己的主人。

就這樣，我和媞妲兩人開始了乃良附近村莊的家戶訪查工作，我們還在鄰村徵募了另一名英文說得不好但能力不錯的老師，我們三人一起設計問卷，一起訪問，一起和地方教育單位及學校協商，終於確定了我們的計畫對象，訂在七歲到十四歲之間的女童，實施識字教育與健康教育；對十五至四十歲的年輕婦女開展健康教育課程，時間選在她們不用做家務的晚上。為了鼓勵女童來參加，我們還陸續拜訪了女童的父母，希望獲得支持。

但我從來沒有想過，我合作得這麼愉快的兩名夥伴，後來被接手工作的團員解聘了，理由是媞妲教唆當地教師罷工以要求加薪。我在臺灣聽到此消息時，真是錯愕得無言以對。當初我是用偏低的薪資聘到媞妲的，我們一起工作的時間裡，她從沒抱怨過。我實在很難想像，到底發生了什麼事。

我更沒有想過，我離開第二間高腳屋時，留下了兩個這麼大的遺憾，我留下了妹妹，也留下了第二個叫媞妲的助理。她們現在如何，我無從得知了。

我還記得，離開前幾天的某個黃昏，我和媞妲在湄公河畔並肩坐著看夕陽，媞妲流淚告訴我，她很喜歡我這個朋友，在她與外國人工作這麼多年的經驗裡，她覺得和我一起做事最快樂。不論她是否對我過於友好，我真是感激她這樣說，我還記得她坐在我右邊，抓著我的右臂，依依不捨的表情。

在柬埔寨的日子裡，我常在想，我到底懂得什麼能夠去做發展工作？在後來的歲月中，我有緣去尼泊爾與非洲，觀察其他的國際組織和臺灣自己的援助計畫，我理解到，技術與知識當然很重要，但心態可能更是關鍵。

我想到一位只做了三個月就離開金邊工作站的團員臨走前說的話。那時臺灣剛發生一九九九年的九二一大地震，我人正在乃良，沒有電視。一個在金邊的法國朋友突然打電話來告訴我這消息，我心焦如焚，用時速一百二十公里的車速衝回金邊，打電話回臺北的家、給在埔里的朋友、給在山區的原住民朋友，沒一通電話接得通，真是急死人了。辦公室的電視又壞了，只好跑到臺灣來的李醫師的診所裡，坐在診療室的椅子上看新聞，看得邊嘆氣邊哭。

隔天，那名來柬還不到三個月的臺灣團員就說要辭職回家，我說我會守住辦公室，讓她回去探望，但問她為何要辭職，她回答：「我的朋友說，臺灣都這樣了，妳還在那邊幹嘛？在那裡幫什麼別人的忙？」

面對這種反應，我真是無言以對。也許就是這種似是而非的邏輯，讓臺灣的對外援助始終抱持著自我中心的態度。臺灣的援外政策是非邦交國不予考慮，一旦斷交便戛然中止發展援助計畫，完全不考慮對當地的衝擊，也不論對臺灣名聲的影響；一些臺灣民間組織只對海外華人提供協助，任憑生活在華人圈旁的當地人眼睜睜地看著，兩個族群的世界因為援助而愈來愈遠；也有不少英雄主義式的援助，倏忽來去，贏得了兩國政府的官式嘉勉，滿足了個人遙遠獵奇的慈善想像，卻不顧對當地造成的衝擊，以及對後來的援助者造成的負面效應，遑論對當地居民提供真正有益的協助。

每個人都有一套自我邏輯，合理化所有的選擇與行徑。只是，世界之大，也許我們真的該看出去。自己一定是起點，但必是終點嗎？

外一篇：一則鄉野傳奇的日記

我有一個記憶與柬埔寨無關，之前出版《柬埔寨旅人》時也就沒收入這則故事。但是，這個記憶一直守在我柬埔寨歲月中一個莫名卻溫暖的角落，靜靜地看著我，似乎就怕我忘記。十多年過去了，而今我有機會再度回顧柬埔寨對我的生命意義，我終究要把它從那個角落掏出了，一九九九年九月二十三日我的柬埔寨日記。

那一晚是中秋節前夕，九二一大地震過後僅兩天，我隻身獨處異鄉柬埔寨，心繫家鄉，極想透過電話感受和家人團聚的溫暖。和臺北的哥哥通上電話，未料遠端卻傳來一個突如其來的噩耗，哥哥擔心我的反應似地緩緩說著：「大哥過世了，兩個星期前和人下了兩盤棋，動了氣，腦溢血走了。」大概是離家太遠，腦裡也充滿了對臺灣大地震轟隆隆的悲傷，乍聽這有些荒唐的死訊，我當下沒能反應，只說了聲：「喔。」幾秒鐘後才被一擁而上的天災人禍生離死別痛擊到，「哇」一聲地哭了出來。

雖然和大哥只見過一次面，但那酷似父親的身形面容使我難以割捨，還有那一段令我永生難忘的鄉野傳奇。

早在七年前，也就是一九九二年，我的父親在臺北過世，臨終前仍牽掛著回湖南瀏陽文家市探親。當年匆促逃離家鄉，自此與只有五個月大、仍在襁褓中的兒子緣慳一面。父親離世後一年，我為了代父完成心願，與母親、叔叔、嬸嬸連袂返回父親的老家。

父親過世半年前，曾接湖南的叔叔來臺探望年近九旬的奶奶。叔叔返去時，父親讓他帶著花花綠綠的美鈔回鄉蓋新屋，還有大大小小的禮物饋贈親友，其中包括一只金戒指，囑咐叔叔轉送給遠住東北遼寧的大哥。

當年父親的家族是文家市最大的地主，自「秋收起義」起就一路被鬥，留在當地的近親也都成了黑五類。父親家的老宅在「倒劉」運動中被炸，土地用來建造水庫。我看過那座早已沒有用處的水庫，枯水中露出父親回憶錄中所寫的銅牆，似乎如同頑強的記憶一般，堅實而難以摧毀。當年父親家族遇難，父親前妻的家族為免女兒受累，將她和嬰兒接走，父親一家人就此分離。只是，人散了，連坐的指控與受罪在那個年代也不會善罷甘休。父親前妻為求翻身遠嫁東北，父親的孩子也改名換姓。在一九八七年臺灣開放民眾赴中國大陸探親以前，父親都是通過香港的親戚，輾轉費時地與家鄉聯繫。偶爾，父親前妻的老家親戚也會輾轉傳來斷斷續續的音訊。我還記得小時候我們一家人謹慎低調地翻讀著對岸捎來的書信。極薄的紙張，鋼筆的墨水，簡體的字跡，奶奶的拭淚，還有父親的沉默。

父親託叔叔捎去的那只金戒指，包含了對大哥認祖歸宗的盼望。可是，叔叔沒將戒指寄去東北，父親生前未見願望達成，大哥也失去了和親生父親重逢的機會。

我也從來沒有想過能見到大哥。

從長沙機場出關時，我還沒有找到叔叔前，遠遠就看到一個酷似父親的中年男子，眼睛定定地往機場裡瞧。我們一行被認出後，不消叔叔介紹，我便對那男子說：「你是大哥吧！」兄妹倆就這樣在熙攘擁擠的人潮中，有些靦腆有些局促地相認了。

上了一輛小麵包車，大哥坐前頭，我坐後頭。剛失去父親未久的我，愣愣地望著前座男子的後腦勺，心裡恍惚地想著：「怎麼會這麼像呢？」大哥像是鼓起勇氣似地突然轉頭對我說：「『我父親』過世的事我後來知道，我不知道『我父親』想我啊！」

看著這個中年男子幽幽地說著「我父親」，我更恍惚了，甚至有些妒嫉起來。他們兩人只有五個月的緣分，之後越洋阻隔，大哥在成長過程中甚至不知父親的存在，但是為什麼呢？他們竟如此相像，不論外貌、體型、神色、說話的口吻、微抑的嘴角，連握著我的手的大哥手指都和父親如出一轍。而我們在臺幾兄妹和父親生活了二十幾年，卻不及大哥與父親的神似，連母親都承認他們簡直是一個模子翻出來的。真的是那塊土地上長出來的人哪，不同的鄉土味。

接下來的日子，我們兄妹倆幾乎形影不離。大哥急切地想從我口中探詢父親的生活，我則依舊恍惚地透過大哥的身形懷念父親。一天，為了宴客鄉親，必須遠赴縣城買油，從窮鄉僻壤的父親老家到瀏陽縣城坐車要三個小時，我和大哥清晨四、五點便打著電筒搭第一班公車去了。

鄉間的清晨黑壓壓的，除了眼前小電筒照出的模糊光圈，我什麼也看不清，就這樣盲目地上了車。我摸黑往車內走，想找個位子坐下，回頭卻見大哥拿著電筒在女售票員身上照呀照的，還操著湖南老鄉聽不懂的北方口音說：「給我看！給我看！」我頓時覺得莫名其妙，甚至有些厭惡起來，覺得大哥真不禮貌，怎麼可以拿電筒這樣照人，何況還是位女子啊。扯了半天，也不知他們在說啥。大哥終於走過來找我了，一屁股坐下後不待我開口，他便咕噥：「父親顯靈啊！父親顯靈啊！」

我開始有些害怕，眼前這初識的大哥是否有精神問題啊？大哥神情嚴肅，說了一段令我瞠目結舌的故事。去年一聽說父親過世的消息後，他便披星戴月地從遼寧趕赴湖南找叔叔。夜半大哥敲門，叔叔開門時還以為見到父親的鬼魂。叔侄相見後，叔叔始將父親交託的金戒指給了大哥。也許是太過傷心有些恍惚，大哥卻將戒指弄丟了。沒想到一年後帶著初見面的妹妹再度搭車時，居然看到售票員的手上戴著父親送他的金戒指。

大哥一口氣說完，我聽得離奇且懷疑。天實在暗，電筒的光也實在微弱，車上又擠滿著人，就這麼一晃眼就認定那是父親送他的金戒指？我說是否看錯了。但是，大哥斬釘截鐵一口咬定：「沒有錯，就是我父親給我的戒指！」然後又重重地加了一句，「父親顯靈啊！」

就這樣，一路上我們兄妹沒有多聊，因為大哥的眼睛始終盯著售票員的一舉一動，彷彿獵戶擔心獵物逃脫似的。而我也困惑得不知所以。車子終於搖到了終站，所有乘客都下車了，只剩我和大哥，售票員回頭望了一眼後，一溜煙地就竄下了車。大哥跳起來跟了過去，售票員衝進車站的廁所內，大哥就站在門口等，我則悻悻然地踱步看著這齣戲。

幾分鐘後，售票員出來了，用湖南土話惡惡地問大哥：「你想要怎樣？」大哥回說：「我想要怎樣？那是我的戒指，把它還給我！」談判場回到了車上，這回輪到司機開場白了，他說：「就算是你的戒指，人家撿到了，你要給多少錢？」

至此，我才確認真的是「父親顯靈啊」！

由於對方獅子大開口，大哥一氣，嚇唬起他們來了，什麼「我們社會主義國家憲法明定『拾金不昧』，我把妳告到公安去！」，什麼「我妹子從臺灣來帶著這只金戒指的保單，可以證明妳拿了我的戒指」，拉里拉雜的話通通出爐，甚至要我拿出相機拍照存證，結果售票員真的怕了，脫下戒指扔在地，一毛錢也沒要就跑走了。

拾回戒指的大哥，喜滋滋地戴上遺失了一年的父親的禮物，口裡還是念念有詞地說著：「父親顯靈啊！父親顯靈啊！」

在旁看傻了眼的我，從不可置信，到不得不眼見為憑，但仍無法理解，在那一片漆黑的清晨公車上，僅靠一閃而過的微弱電光，大哥是如何辨認出亦是只有一面之緣的戒指？

事後我還問大哥：「你們的憲法裡真的寫了拾金不昧啊？」大哥撫弄著手裡的金戒指，上面還有我父親的刻字，眼皮也沒抬一下地回說：「沒這回事，我嚇唬她的。」沉浸在他自己的喜孜孜裡。

大哥與父親的神似，以及這段尋回戒指的往事，都是隨著父親與大哥辭世而永埋我心底的鄉野傳奇。在異鄉柬埔寨，成為我撫慰憂心鄉愁與思念親人的溫暖記憶。

第二部

後柬埔寨時期

對愛滋病的恐懼舉世皆然嗎？

在臺灣，我們的生活周遭充斥了對疾病和患者的恐懼。還記得二〇一〇年十月鬧得沸沸揚揚的超級細菌新聞嗎？一名旅遊節目的攝影師在印度出外景時遭槍擊，可能是在當地急救的過程中感染了新型超級細菌（NDM-1），公衛醫學界和電視名嘴為了該讓這位記者回家還是留置醫院隔離鬧翻天。還有，收容愛滋病患的「臺灣關愛之家協會」，在二〇〇七年以前，因為不斷遭受社區居民抗議而搬了十多次家。

更早之前，二〇〇三年SARS恐慌期間，傳出疫情的萬華居民成了過街老鼠，親友不認，醫生強行突破和平醫院封鎖逃回家。各種新聞、街談巷議、網路消息，充斥了類似的情節。人們對這些傳染病不約而同顯現「一致恐慌」的反應，汙名甚至歧視患者。儘管現在已是二十一世紀，我們對於傳染病的立即反應，彷彿仍停留在尚未現代化的黑死病年代。

世界上的其他角落都像臺灣人的反應一樣嗎？或者，都像我們在各種媒體上「看到」

的臺灣人一樣害怕並排斥患者嗎？

恐懼其實是最莫名的傳染病，它所造成的汙名和歧視的殺傷力，是科學至上的西方醫學所無法治癒的。西方醫學可能以科學的方式剖析某種疾病從傳染源到被傳染者的感染過程，至於人們如何透過附加想像而誤解這個過程，就不是科學的問題了。這可能涉及社會文化的因素，也就是說，人們基於自己的理解或想像，所產生對某種疾病和它的患者的恐懼或歧視，可能出現相當大的差異。

那麼我們可以猜測，在一個多元文化的世界裡，可能有一種主導的科學結論，但應該不會只有一種對於疾病的社會反應。臺灣對於上述傳染病所表現出的驚恐反應，就不可能舉世皆然，換句話說，我們值得檢討和改進的社會文化空間還不小。

那要從何檢討？這篇短文嘗試用一個中國四川少數民族地區流行的愛滋病為例，說明一個原本對這疾病沒有歧視的民族，卻遇到假科學之名而產生歧視的負面效應。問題不在「科學」，而在我們盲目地以為這些社會反應是有科學根據的。

在中國四川省西南角一個稱作涼山彝族自治州的地區，面積六萬平方公里左右，約為臺灣的一倍半大，有一百八十萬名左右的彝族人住在那裡，此外還有二百二十萬名左右的漢族、少數的藏族和其他少數民族。一九九〇年代，因為一些複雜的社會和歷史因素，涼山彝族的年輕男子使用海洛因時，由於採取了共用針具等不安全的注射方式，導致愛滋病毒的擴散。

大約也是在一九九〇年代中期，當地的彝族社區自動自發，展開了大規模的反毒行動。他們進行傳統儀式法事，企圖藉由人對超自然力量的忌憚和咒誓來達成戒毒的目的。此外，還透過傳統的親屬組織網路，採行連坐法來約束年輕人。

然而，他們並不只是威嚇年輕人而已，他們也透過氏族組織的力量，協助並陪伴年輕人遠離毒品，也照料愛滋病患。甚至，他們並不歧視吸毒者或愛滋感染者，更別說隔離愛滋病患了。經常可見愛滋感染者和一般人一同吃喝玩樂，一起工作，並參加氏族活動。即使吸毒的年輕人不聽勸告，家庭氏族也許會斥喝，但不排斥他們。這些現象讓許多在當地工作的漢族衛生人員感到奇怪，認為彝族很無知。

同時，當地政府逐漸展開反毒行動，並進入村裡大規模地展開愛滋病的防治工作。衛生人員的做法是直接接觸個別的吸毒者和愛滋感染者，提供衛生諮詢或治療。然而，政府的防治工作卻沒有和社區自發的各種行動合作。主要的原因是，長久以來政府部門都視彝族為「落後」民族，認為彝族文化和現代、科學知識的立場相左。簡言之，彝族社會仰賴的傳統文化機制，和他們自行處理毒品與愛滋問題的做法，在當地政府的眼裡都是非正式的、非科學性的做法。甚至，政府的衛生人員在進行介入工作時，也經常遇到和彝族文化的衝突，因而更加深對彝族文化的偏見，以至於把彝族文化視作障礙。

所謂的「文化障礙」，指的是衛生人員在處理彝族社區中的愛滋病教育和宣導時遭遇困難，便把問題歸諸於當地文化。當愛滋病毒透過靜脈注射的途徑在彝族男性青年中傳播開來後，可預期的，這病毒也會透過性行為傳染給彝族女性伴侶，甚至可能再傳染給胎兒。因此，衛生人員展開衛生教育，只不過一開始就困難重重。他們除了不理解為何彝族不怕愛滋病外，也遇到其他的文化差異，例如當地的性和性別禁忌。

彝族人對身體和性方面的禁忌繁多，且相當特殊。我在涼山進行田野調查的研究工作時，經常是透過犯錯來認識這些禁忌。例如，不能問孕婦關於懷孕的問題，母親甚至不會和女兒談論月經，通常女孩子是由同儕中聽聞月經的事情，或自行經歷初經的震撼。不同性別之間的禁忌更是嚴格。過去，在異性面前放屁，甚至都可能引發極度羞愧而上吊自殺。種種的禁忌讓針對愛滋教育的衛生人員感到相當困擾，而身為彝族的衛生人員面對同族人更是難以啟齒，以至於和性有關的衛生教育通常是快速含糊帶過，難起作用。這也造成當地彝族人對愛滋病的認識充滿了一知半解或全然誤解的成分。

不過，人類學者在世界各地參與或研究愛滋病的防治工作經驗，讓我們對所謂的「文

防治愛滋標語

化障礙」可以有不同的理解。文化從來並非一成不變，即使在保守的地區，防治人員也可透過許多仔細設計的方式讓當地人慢慢接受新訊息。在所謂的落後或開發中地區，當地人吸收新知、適應變遷的能力和創新技術常令外來的專家感到驚異。甚至，我們可以說，創新和適應才是人類文化的重要本質。

遺憾的是，若疾病防治的做法脫離當地社會文化的脈絡，自然不可能創造出正面的調適效應。當地政府在彝族社區中進行的防治計畫，衛生人員從未諮詢過傳統權威人士，包含當地的祭司（稱為「畢摩」）、巫師（稱為「蘇尼」）、氏族長老和傳統判官「德古」（職司協調仲裁的角色）。

這些角色都是彝族社會中協調日常生活中社會關係的重要專家，例如，畢摩和蘇尼兩種宗教儀式專家負責人和超自然界的協調溝通，以求人世和靈魂的平安福祉；氏族長老負責協調族內的衝突；傳統判官則能超越氏族，執掌某一地區的衝突協調和談判。

簡言之，「協調」在彝族社會中對於解決可見和不可見的不幸和不安，具有非常重要的意義與作用。即使時至今日，農村地區的彝族人，儘管也會去看西醫、也會上法院，但仍同時且相當仰賴這些傳統權威角色以為中介。甚至，傳統判定的約束力仍高於現代化制度的效力。

值得一提的是，除了畢摩外，其他傳統權威都非世襲，必須靠個人的努力、能力和正直才能獲得社會認可。一旦其能力或正直遭受質疑，自然就不會再有人尋求協助，而失去社會權威的角色。這些傳統權威通常由男性擔任，但也有例外。畢摩的技藝只在特定的氏族中相傳，一般是父傳子，只能由男子擔任。蘇尼則和臺灣漢人社會中的乩童一樣，多是因為生病後，被畢摩或蘇尼判定必須擔任巫師的靈媒角色才能治癒，男女都有可能成為蘇尼。氏族長老一定是男性。德古雖多由男性擔任，但偶爾也有女子出任協調角色。

這些角色構成彝族社會的中堅，維繫社區的和諧。由此來看性或性別問題，就可能不同於國家衛生人員的想像。既然大多數的傳統權威都由男子擔任，彝族也認為人世和超自然界都由兩性組成，那異性由誰去溝通？一名年過七旬的男德古對這個問題的回答如下：「女人可能覺得不好意思，但還是得跟德古說。不然我們沒法瞭解問題、幫忙調解。我們就像醫生一樣，得問問題，好做調查。」

也就是說，彝族社會中的確有禁忌，但也有處理協調衝突的機制，文化的意義也就在此。如果國家的衛生防治人員能夠尊重當地社會文化，和傳統權威合作，也許有可能減少提供衛生教育時所謂的「文化障礙」。遺憾的是，在我所做的防治政策和實作的研究中，國家對彝族文化的不理解和刻板印象，反而造就了防治障礙，甚至造成惡果。

其中，反愛滋歧視計畫便是一例。這個計畫基本上是全球性努力的延伸，目的在反汙名歧視以提升愛滋病患的人權。在世界各地，尤其是以國際發展援助為名的愛滋防治計畫，都強調愛滋感染者人權的重要性。反愛滋汙名與歧視的宣言和做法，經常成為相關防治計畫的首要工作之一。不意外的，政府在彝族社區的愛滋防治計畫一開始也照本宣科，以反歧視為計畫目標。

弔詭的是，我透過長期的田野調查，發現當地彝族原本並不歧視愛滋病人，有許多可能原因，例如，當地的親屬網絡和關係非常密切，照顧自己人是天經地義的事；在當地人的死亡分類中，死於愛滋就和死於其他疾病一樣，就是病死，沒有什麼特別的；愛滋病發的症狀，就和許多自古以來就有的各式疾病症狀一樣，他們自有一套對應的方式，不需要再創造一個新的疾病名詞「愛滋病」來解釋他們看到的症狀，沒有「愛滋病」，自然也不會有對愛滋病的汙名歧視了。

如果我們不用「科學」的絕對立場來理解彝族對愛滋病的反應，而把它視作一種基於文化差異的不同理解，即使我們要透過生物醫學的方式來治療病人，也必須搭配基於文化差異的配套措施才辦得到。

遺憾的是，當地政府的衛生人員繼續忽略彝族的文化和社會情境，由上而下，硬生生地把全球標準化的套裝防治策略，直接應用在具有文化差異的彝族社區中。這種自以為是現成的、普遍性的防治方式，被人類學家譏稱為「公事包概念」(briefcase concepts)，終究失敗。甚至使得原本對愛滋沒有歧視汙名的彝族社群，反而透過不斷強調的反歧視計畫，對這疾病產生了負面詮釋與恐懼，開始出現汙名現象。

基於對生物醫學的科學知識和信仰，加上對彝族的刻板印象與成見，衛生官員和一般防治人員僅以病毒與個人的偏差行為當作防治的焦點，而未能和社區合作，也未能參考社會中各種可能有利於協助防治工作的文化社會力量。結果不僅無法有效防治疾病的擴散，甚至造成負面影響。

彝族的例子讓我們瞭解，不是所有的人都會對傳言中的恐怖傳染病產生恐懼和汙名，隔離病患的做法也不見得有「科學」根據，存在我們心中的刻板印象更非舉世皆然。在世界人群的版圖上，不分先進落後，對不同事物的應對方式和結果值得我們參考，甚至引以為誡之處甚多。未來我們再面對新興的或刻板印象中的疾病時，放棄成見，勇於逆向思考，尊重文化差異，才是全球化時代中多元文化和族群的相處之道。

原載於《科學發展》四六七（二〇一一），頁十四—十八。

彝族社區舉辦戒毒活動，透過傳統歌舞來吸引人群。

涼山雜記

小女子難為榮譽男人：田野中的性別與階級

在中國做田野的外來女學者眼裡，性別常是男人無感、女人痛感的地雷區。性別與階級屢屢堂而皇之地手牽手，令人哭笑不得，也讓我對許多中國女學者的處境深感同情。在課堂上論述「異文化」的所有田野工作者，該身體力行理解與尊重不同的性別了。

女性在中國各地做研究，尤其是農村與民族地區，大不易。比方說，地方幹部以男性為主，女性多淪為招待外賓的插花角色。男學者人數多，抽菸、喝酒等社交習慣與幹部雷同，哥倆一拍即合。不僅學者圈內男性主大，連接待學者的地方幹部，也對女學者多所輕忽。

對女性，尤其是年輕女性的視若無睹，是我體驗深刻的田野記憶。一回經驗以蔽之。記得某年在藏區康定，我與數名中年以上的男學者一行魚貫進入當地政府的接待室，男高幹就站在門口對來訪學者一一握手致意。輪到我時，那高幹就大剌剌地越過我，直接把手握向我身後的另一名男學者。

當然，性別與階級的對偶關係也不是只有一種樣貌，如果我是來自歐美的白人年輕女性，可能便會迎來眾人爭相握手歡迎。階級也是相對性的。不然，當年，我一個不知地雷深淺的臺灣年輕女子，也許就無法在性別界線分明的涼山彝族地區，混入男性報導人的圈子。

在涼山的農村裡，男性對我的接受程度明顯高於女性。我主要的研究對象是吸毒與感染愛滋的年輕男子，他們都曾下涼山到漢區討生活或者說混過，對於族群互動中的階級差異很敏感。我雖然身為女性，但是漢族，而且是在美國受過博士教育的臺灣漢人，不涉入當地的彝漢關係糾葛，我的教育背景又沖淡了傳統彝族對女性的刻板印象。換言之，我是這些男人眼中的「榮譽男人」，不是真男人，但受到禮遇。就像「榮譽博士」經常是授予那些沒拿過正式博士學位的名人。「榮譽」一詞說明了身分的特殊性與曖昧性。

當地男人常對我說：「（這事）女人不行（參加），但是妳可以！」畢摩可能請我與他同席而坐，德古也讓我參加談判過程，這些通常是女人禁區。不過，「榮譽男人」終究不等於男人，這些破例並非通行無阻。有陣子某位德古主事的協調案一直未決，他在探究原因時就把矛頭指向我，認為正因有女人（就是我！）參加，協調才會失敗。當我知道德古的因果推論時，雖然遺憾以後可能沒有機會跟路了，但亦覺開心。這說明我已「真正」進入當地的生活世界，當他們不再視我為稀奇、異類，我才有機會成為日常生活的一分子，進行尋常的參與觀察。

但是，當地女人視我為奇特女人，我也不可能成為「榮譽女人」而受禮遇，畢竟誰都看得出來我真的是女人。我再奇怪，也得遵照當地女人的規矩，即使是三更半夜摸黑去戶外找廁所時，當地婦女寧願喊一個年幼女童跟著我，也死活不肯讓男性幫我領路。同是入鄉問俗，女人不論階級對性別禁忌一視同仁，倒令我莞爾。

誠然，不是同一生物性別的人，都有同樣的想法與感受。本文僅以個人經驗略談梗概。希望男男女女的田野工作者，都能自由、平等、博愛。

原載於《北冥有魚：人類學家的田野故事》（北京：商務印書館，二〇一六），頁一一七—一一九。

轉型社會中的市集與交易：涼山村寨巡禮

逛市場，是我初到異地時最喜歡的活動。大型商場雖然很有趣味，但我更喜歡傳統市集。喜歡的理由是，那裡有時間的累積，有文化的痕跡，還可見人群的交換慣習。概括來說，就是具有人類學家愛說的「地方特性」。

二〇〇二年我初到涼山時，便覺西昌的市場很有意思。路邊可見傳統的剃頭小販排成一列營生，小扁擔上毛豆腐的菌絲「怒髮衝冠」得跟我當時的頭髮一樣長，市集樣貌很有「邊區」的味道。待我繼續往農村寨子裡走，逛市集的感受已非「邊區」二字可以形容，那是一種截然不同的逛街概念。

涼山彝族村寨裡的市集，與都會或旅遊區相較起來，予人的初步印象，大概只有「簡單」二字。但是，隨著我在涼山的時間日久，逐漸理解當地的時間感、文化肌理與人情關係，我才發現涼山市集有如微火慢燉粥的品味與樂趣。

涼山村寨的市集規模小，跟世界大都會裡常見的跳蚤市場一樣，許久才聚一回。在彝族腹心地區，也就是居民幾乎全為彝族的村寨，大多十天一集，當地彝族說漢語時稱之為「趕場」。

十天一集，算是所有市場中最基本的供給需求模式。漢學家施堅雅（G. William Skinner）曾於一九四〇年代研究四川盆地的市集，提出一個有趣的空間理論。他發現四川盆地市集的空間分布呈現等邊六角形，中間是一個市集小鎮，周邊環繞著六個有市集的村子，最外一圈則由十二個市集村莊組成。如此一來，一定的市場規模和交易量在這種地形區中得以分布均衡。這種由鄉民自歷史長河中逐漸形成的市集模式，可見漢人對市場機制的熟稔與供需自理程度。

一九八〇年代，施堅雅預言，活絡的市場經濟改革將讓中國鄉村的定期集市於二十世紀末以前消失。可惜，他並未見到自己的預言成為泡沫。或許，他的認識與推測只及於漢地中國，囿於傳統漢學家的認識論。

市集不只是經濟議題，還有政策、文化與生活趣味的面向。從涼山的定期集市發展，可以看出彝人與漢地民族國家的時間與空間關係。中國歷史上，涼山彝族被稱為「獨立儸儸」。「儸儸」一詞，如同「番」、「苗」、「猺」等詞一樣，是漢文明對無外交對話權的少數民族之貶稱。但「獨立」一詞就有意思了，說明這裡是帝國之手難及的「化外之地」。一九〇六年，當英國終於不再販賣鴉片予中國，並要求中國也不得生產鴉片，清廷因此開始嚴禁鴉片生產與交易。但是此時，抽鴉片已成偌大中國的日常生活，雷同今日的香菸、咖啡、可樂、手機等令人著迷上癮的物質。大眾的習慣如何得以一夜生變？

於是，殺頭的生意有人做。一九一〇年左右，鴉片入涼山。這裡成為鴉片的新興產地，收穫量之大，可從市集貿易量一窺端倪。一九三八至四九年間，以今日甘洛縣彝漢交界的田壩集市為例，十天一集，每年農曆二月和四月的煙會期間，從漢區來此的鴉片商得駝來近一萬兩千兩白銀以購買鴉片。在鴉片貿易之前，涼山並無銀器，鴉片貿易帶來的白銀量之巨，造就了彝族的銀器工業，如今彝族美女身上的白銀飾品、畢摩帽頂的白銀裝飾都來自於此。傳統彝族社會用以計算賠償的單位也因而改為「坨坨銀」等，影響可見一斑。

不過，這個鴉片貿易的歷史，可別讓你以為彝人很會做生意。實則相反。絕大多數的彝人，在近期之前，並沒有漢人習以為常的經濟理性，不會打算盤，也不具有縫裡插針、點滴累積財富的精明本事。鴉片貿易的參與者，主要是彝族社會金字塔頂端的地主與貴族階級，廣大山寨的彝人分不到一杯羹，不會、也不敢進入市集參與貿易。

一九八〇年代中期，涼山政府為了發展經濟，在農村推展市集。一名彝族婦女曾告訴我她第一次上市場買辣椒時的羞愧：「讓人家看到在集市上買東西，很丟臉，我們諾蘇*從來不在那裡買賣東西。我把辣椒藏在口袋裡，趕快溜走。」彝人不諳市場交易的情形，在市集推行之初明顯可見。約十年後，村寨彝人才逐漸適應市場機制。時至今日，涼山農村的經濟規模依然有限，在最傳統的腹心地區，大多仍是十天一場。鄰近鄉間則以日期區分，以利流動商販移動，也避免競爭客源。例如，甲鄉每逢八日（八、十八、二十八）趕場，隔壁乙鄉逢九趕場，以此類推。

麻雀雖小，五臟俱全。別小看這十天一集的分量，雖然規模比不上城裡的市場，但各式商品五花八門，包括日用雜貨、農產品、新舊衣服、鞋子、盜版錄影光碟、種子、農藥和冰棒。還有理髮攤子，修鞋匠和補鍋匠，偶爾也有流動的娛樂設施。人們趕集不只是為了買賣，更是為了湊熱鬧、找樂子、與親友會面。在「太陽底下無新鮮事」的村寨裡，趕場日無異於都市裡的週末，具有規律的休閒節奏與可預期的熱鬧效應。

市集就這樣成為山間村寨的公共空間。甚至，彝人的文化習慣與社會活動也陸續出

* 彝族是官方賦予的族群稱呼，「諾蘇」是彝人的自稱。

現在市集裡，例如，家支（諾蘇氏族）活動、德古（諾蘇傳統判官）談判、畢摩（諾蘇宗教祭司）和蘇尼（諾蘇巫師）也到此尋找需要祛病除穢儀式的客源。這些彝人特有的社會文化活動，也逐漸與集市的人氣和交易並行。

不論是以物易物，還是人情禮物交換、集市買賣，這些人類自古以來就有的生活行為，從未中斷。彝人從不善於貨幣交易，到今日什麼都可能在市集見到，雖然有些交易仍進行得靦靦腆腆，商品化的現象仍遠低於漢區習慣，但彝人交易的理性確實在變。

我試想，如果生活中的交換，全都變成使用單一貨幣即可完成的交易，沒有閒聊寒暄、沒有討價還價、沒有禮尚往來、沒有貨幣之外的其他價值評量，那人類不斷投入的交換行為，不早該讓人類無聊至極了嗎？所幸，大型商場不斷蓋，AI主導的無人商店也已冒出，跳蚤市場卻從未消失。期待涼山的市集，不致因為單向的發展路線，讓一個古老的文化完全失去交換的文化性及美感，而只剩下金錢交易。

二〇一七年完稿，未刊。

（上）彝人趕場途中
（下）涼山市集上的政令宣導

四川民族村落田野隨筆：彝族新年

每回更換新曆，剛過完西洋的新年元旦，眼看春節也快到了，每年都至少過這兩次年。但是，你有過過第三次年嗎？或者說，你有過過和元旦與春節不一樣的年嗎？

如果你人在中國，歡迎來涼山，只要你有時間，這裡有好多好多次新年，讓你過個過癮！

涼山彝族的新年「庫斯」，充分顯示民間文化的日常地位。你也許會問，每一個民族的年都是如此，庫斯有何特別？有的，最特別之處在於，傳統庫斯沒有固定時間，而且，每個村寨都不同。

近年來，涼山政府一直想方設法欲統一庫斯的日子，但民間的日子，還是難脫民間的規矩。西昌吸引觀光客的彝族新年也許很熱鬧，但少了兩個最有年味的傳統特色，那只有往村寨裡去才有緣驚豔體會。第一個特色便是日期不定。一九五〇年代以前，涼山彝族沒有超越氏族家支的一統政治組織，也就是國家勢力還進不來。所以，涼山彝寨的新年也沒有一統的日子。從十月下旬到十二月下旬，涼山各地都可能有寨子在過庫斯。新年日子的選擇，是由彝族傳統祭司畢摩看日子，配合每個寨子的清況，眾人討論後決定。

庫斯日期的討論過程本來就很有趣，加入了政府的政令，就更令人玩味。以我在涼山曾經長住的村寨為例，過年的日子向來約為十一月中旬。有一年，縣政府宣布全縣統一新年日期，要求不得早於十一月十四日，原因是縣政府十一月十二日才放假。縣政府的命令傳下，鄉政府執行上意，倡導提早過年的村子每戶罰款五百元。但是，這個時間點讓我的村寨老鄉很困擾，因為大家想要十三日過年。老鄉們的理由很充分：第一，大家認為十四日不是好日子。涼山彝族不僅有生肖年，甚至每日都有生肖日。以我借住的村寨來說，最年長的老奶奶，她的大兒子是在馬日過世的，所以該寨子不在馬日過年。而隔壁寨子，前一年是雞日過年，結果過去一年寨子裡死去的人太多，大家便認為雞日不好，以後就不選雞日過年。不同寨子有不同的考慮，得評估大夥的感受與情況才能做決定。第二，十四日以後才過年的話，只有十六日那天的日子還可以，但是仍不如十三日好。老鄉們咕噥說：大米已經收完了，秋蕎和圓根蘿蔔也收完了，柴也砍得差不多了，沒事做了，大家就想過年了。看到其他縣的親戚都已過年，老鄉們蠢蠢欲動，不想再等了。

但是，政府有命令，老鄉們不敢自定日子，在等上頭決定。等了等，鄉政府還是沒有決定。老鄉們耐不住了，一個寨子的幹部找鄉長，要求十三日過年，鄉長答應了。其他寨子一聽提前過年不用罰錢，整個行政村就高高興興地決定十三日過年了。

村寨裡的庫斯，另一特色更是有趣。初一大清早的寨子，沒有此起彼落的鞭炮聲，但有一連串的豬叫聲，因為清早是捉宰新年豬的時刻。村裡熱心且殺豬技術佳的男人，以青年為主，忙前忙後幫忙宰豬。一般先從寨子裡最年長的長輩家開始。男人們手裡只拿著一條麻繩、一把短刀。豬放出圈後，男人們在院落裡追著豬跑，完全是男人與豬的肉搏戰。抓到豬後，一刀刺喉，立刻有人持盆接下熱騰騰的豬血，這是做香腸的好料。殺豬的程序極為重要，得乾淨俐落，以免血肉模糊。新年豬尤其不能錯刀，這象徵新的一年吉凶禍福。殺完豬，男人們就沒事了，吃喝玩樂就好。女人們則忙了，做香腸、送肉，初二還要舉行孩童野炊，忙碌得很。野炊前看到每個孩童身上掛著豬腳，這是他們新年特有的「玩具」，個個得意得很。

新年期間，你只要在村寨裡送往迎來最為熱鬧的路口站著，就會看到村裡村外的男女老幼，捧著、抱著、背著、提著、頂著各種部位的豬肉，還有自釀雜酒、大米、蕎麵、包穀麵、麵條等，笑嘻嘻地要送去給親戚。哪怕親戚遠在他縣高山，都得步行或騎馬過去。當然，有車子的話，搭一段路程也行。公車站牌，都有不少婦女背著一大籮筐的豬肉和糧食，要回娘家送禮呢。一般來說，豬肉要先送給母親的姊妹兄弟，父親的兄弟姊妹次之，這也許是古代母系社會的遺留風俗。

傳統的彝人不會做生意，那怎麼買賣「東西」呢？他們以物易物。物的交換價值由其社會分量與需求等因素決定。但有一種東西的交換邏輯大不同，那便是豬肉。豬肉象徵親屬間的人情交換，不會拿來與陌生人交易。即使今日涼山也已捲入商業交易的大市場，你如果去涼山村寨的集市，仍然很少見豬肉攤的買賣，主要原因並非大家都養豬所以不用買豬肉，而是老鄉覺得在自己的社群內進行豬肉買賣，是違背文化傳統的羞恥事。如果一個集市上出現豬肉買賣，那可以顯示出這裡的人與外界往來的熟稔程度，因而出現明顯的文化轉變經歷，也就是人類學概念中的「涵化」，表示逐漸融入主流社會，但同時，傳統文化也逐漸流失。

十多年前，庫斯前後，我看到涼山某縣城人行道路邊一大排的彝人在賣豬肉。我的彝人朋友的反應耐人尋味。一位年輕朋友說：「啊，我們肉送給親戚都不夠，怎麼還有肉賣？」一位老年婦女說：「這裡風氣不好。豬肉是要送親戚的，怎麼可以賣？」文化中人對文化變遷的評論，我無以置喙。但友人的反應讓我知道，豬肉買賣帶給彝人多大的社會衝擊。可以想見，當村寨裡的彝人要進入功利算計的市場時，得花費多少時間調適才能習慣？

你若有機會造訪涼山彝族村寨的庫斯，也請記得初三半夜或初四天亮前跟著去看「祖先回來」的證據。怎麼看呢？豬膀胱！初一的新年豬，老鄉們將豬膀胱吹起一個圓球，掛在牆上。新年第三天，年要結束了，這天是送祖先離去的日子。彝人相信，祖先離開前，會拍打豬膀胱，只要看豬膀胱有沒有凹陷的印記便知。據說，痕跡愈明顯，來年愈吉利！

原載於《天府新論》，二〇〇七年第一期。

（上）宰新年豬 （下）趕集賣豬

當代中國觀察

我在西南山區看見的「中國」

人類學對族群文化及區域歷史差異的高度敏感，讓我意識到一個普通卻常被忽略的問題，即有沒有一個單一的「中國」?或事實上是否有多個「中國」的存在?學術上一向要求明確定義一個概念，我以為「中國」也是個必須清楚定義的概念，不宜籠統指涉。如果僅用國家的政權與地理範疇來理解中國，在很多的議題上，可能會變得既無趣亦無解。

到今日（指二〇一〇年），中國仍有七成左右的人口被歸類為「農民」，其國民的權利義務與「城市」居民有所區隔。不同區域之間或內部的貧富差距，使得同一代人對於國家社會的理解更是天差地別。攤開中國的族群地圖，立即可見少數民族占據著主要的土地面積，即歷史上的「外圍中國」。而主流漢族則大多居住在擁擠的中原與沿海地區。

中央研究院於二〇〇七年開始一項針對「藏彝走廊」區域，進行生態、文化變遷、及未來發展的主題研究計畫。主要的研究緣由便是，這塊區域不論在費孝通或施堅雅（G. William Skinner）提出的中國版塊論中，都顯示出與「北方草原」、「東北高山森林區」、「青藏高原」、「雲貴高原」、「南嶺走廊」、「沿海地區」、「中原地區」，在生態、族群與文化上的明顯差異。由中國境內區域的多樣性觀之，檢視國家的歷史、社會現象、政策發展與實作，很難迴避區域與族群差異。

「多元中國」或多個「中國」不僅是個概念的問題，也涉及研究的實務操作。對在中國進行各式主題田野研究（尤其是為期至少一年的博士論文研究）的人類學者而言，申請研究許可可說是一個認識「中國」的入門動作。光是這一關，在不同空間、不同層級、不同人群的研究上，就可能出現多重結果差異。這些變化，除了可能是因缺乏制度規範外，更主要的原因可能是不同地區與人群的考量，以及當地的「政治文化」所致。

偶爾在交談中，發現臺灣的社會科學者一般少有申請中國研究許可的經驗，主要原因即可能是其研究地點，通常以都市、漢族、甚至是臺商為主，因此不容易「脫穎而出」。但對以偏遠地區（如農村或山區）、少數民族及弱勢族群、異文化為主要研究對象的人類學者而言，就無法如此好整以暇。申請許可經常曠日費時，甚至可能無疾而終。人類學者之間互相交換如何申請中國研究許可的費用、程序、經驗等訊息，幾乎已是田野研究方法的一部分。我個人在申請許可的波折經歷，讓我在進入田野之前就對「地方差異」有深刻體悟，似乎預示了我行將前往的田野地點的困難度與特殊性。

＊＊＊

我的研究地點位於四川省西南角的涼山彝族自治州，隔著金沙江和雲南省為界。當然，我實際上的經驗研究範圍並非整個涼山，而是其中一個地屬高山盆地區域的鄉。位於高山盆地的村寨雖然是我的研究地點，卻並非我的研究焦點。人類學民族誌研究的特點之一，便是將一個較小範圍的研究，放在一個鉅觀的環境脈絡中。如此，既不忽略地方特質，也同時進行歸納與普遍推論的分析。我博士論文主要的研究問題是：為什麼一個貧窮偏遠、位於海拔一千九百米以上的彝族山寨，會有嚴重的因毒品所引起的愛滋問題？藉由愛滋當切入點，我得以理解涼山地區自一九五〇年代以來所經歷的重大社會變遷，並視之為當代中國現代化歷程中的一個具體案例，以瞭解國家治理、族群關係、文化變遷，以及國家與社會的關係等面向。

從二〇〇二年開始到涼山做田野調查，到二〇〇七年寫完我的博士論文。在這五年當中，我光是居住在這個山區農村裡的時間，就長達十八個月之久。在當地生活這麼長的時間裡我在做什麼？怎麼展開研究的？基本上，我剛開始進入田野的時候，並沒有立刻尋找吸毒或感染愛滋的研究對象，我甚至沒有一開始就鎖定吸毒行為。如果要這麼做，直接尋找管道到戒毒所、監獄或醫院去做訪談可能更直截了當。只是，這樣的研究無法提供重要的社會及文化脈絡，以回答我的研究問題。

我投入相當多的時間做一些對其他研究者來說，甚至在當地人眼裡，都是沒有意義的事情。比如，前兩、三個月我每天所做的事情，大概就是在村子裡面晃蕩，在廣袤的山間盆地和鄰近山路上走村串戶。所以當地人跟我打招呼，都是用他們的語言問我說：「妳的腿瘦不瘦啊？」

我也經常參加各種大大小小的儀式活動。當地的民俗醫療及超自然信仰認定，當一個人面臨生病或其他生活上的不平安時，都是因為有鬼或者他的靈魂走失了。所以只要生病，他們就會舉行相應的儀式活動進行驅鬼，或者找回靈魂。有趣而值得一提的是，當地人把舉行儀式的漢語譯為「幹迷信」。雖然當地絕大多數的人並不會說漢語，但是每個人都明白「幹迷信」的意思。「幹」在四川漢語裡是「做」的動詞，「迷信」是一九五〇年代以來，中國政府對「非科學」的民間慣習的通用批評。涼山彝族就在這樣的文化衝擊與轉譯中，將舉行儀式譯為「幹迷信」。但他們使用這詞語時並不帶任何貶義，也不明白為何我初次聽到「幹迷信」的說法時會哈哈大笑。諸如此類的文化轉譯，是我在當地田野中的笑料與頓悟來源，也讓我理解到許多表面上看不到的文化衝擊與國家力量。鄉村裡的「國家」就展現在日常生活中的大小事。

***

我進入涼山之前，就已聽聞並閱讀當地嚴重的愛滋問題，這個問題主要是因當地眾多男性吸毒所致。在成都時，某位漢族媒體友人就提醒我涼山彝族的昭彰惡名。成都人對彝族充滿了負面的刻板印象，經常認為他們不是小偷就是吸毒的。友人不斷提醒我上涼山要小心，讓我不禁生出「沒有三兩三、不敢上梁山」的疑惑。此「涼山」雖非彼「梁山」，但在都市漢族與國家幹部的眼中，兩者似乎差異不大。人類學向來喜歡挑戰刻板印象，我的田野經驗也證實了文化差異所導致的刻板印象與傷害有多深刻。

在田野初期的某一天，我在山間盆地行走，一輛震天價響的拖拉機從我身旁駛過，然後突然停下。駕駛是一位我認識的年輕人，他做了個手勢要讓我搭便車。接著，車上另外七名年輕男子，便七手八腳地把我拉上了拖拉機。在車上跟他們聊天的短短十五分鐘裡，我發現他們每個人都因吸毒或偷竊而坐過牢。我脫口而出：「喔！原來你們都是『土匪』。」他們居然很高興地回應我：「對啊！我們是土匪。」我用「土匪」一詞是非常「在地化」的用法，它在當地的歷史情境中表述了歷史上涼山彝族和國家的對立關係。因為過去國家用「土匪」一詞來指稱反抗國家的涼山彝族貴族及其從屬者。多次類似的相遇與互動，讓我開始思索，他們看待自己和主流社會看待他們的觀感，一定大不相同。

涼山彝族的歷史很特別，原因在於他們在短短半個世紀內就經歷了三種截然不同的社會體制。這樣的轉折巨變，對於我去理解其當代的毒品與愛滋問題，具有重要意義。在一九五〇年代之前，涼山彝族自稱為「諾蘇」，基本上是處在一個與國家無關、獨立自主的社會狀態。在方圓六萬多平方公里的地理範圍內，只有幾十個大氏族，沒有超越氏族之上的政治組織，所有的社會治理都是根據容許地方差異的習慣法而定。當時，諾蘇被外界稱為「獨立儸儸」或「夷民」。除非能夠得到擁有權力的諾蘇貴族的保護，否則漢族和其他族群的人士很難進入這些地區。諾蘇會擄獲外人——尤其是漢族當奴隸，所以彝漢關係一向非常緊張。

種種的歷史巨變與文化差異，讓涼山彝族成為邊陲中的邊緣人群。自從遇見「土匪」

起，我不斷經歷類似的挑戰，包含對於「毒品」價值的挑戰。例如，在主流社會中，我們可以想像一群「前科犯」興高采烈地告訴外人他們是「土匪」嗎？或者，為何一個平凡無奇的貧窮山區會有使用昂貴「毒品」的普遍現象？這些涼山彝族青年在都市中令主流漢族居民及政府頭痛的行為，只是單純的社會「偏差」行為嗎？對於這些田野經驗與現象的探討，促成了我去研究鴉片類物質自二十世紀初至今，在涼山彝族社會中所經歷的道德經濟變遷，以及由此分析為何在四川中彝族男子使用海洛因的情形特別突出的原因，並得以深入理解近代歷史中的彝漢族群關係及其間的權力消長，對於彝族青年的集體心理及行為產生的背景影響。

基於具體的田野經驗，也使我對政府的愛滋介入政策與實作提出批評。我們可以合理的假設，對特定疾病患者的歧視做為一種社會反應，可能有族群歷史與文化認知的差異。我從田野之初，就發現當地彝族對愛滋病的態度與我所經驗的其他社會大不相同。他們對於這個新興疾病並無特別定位，視之為一般的疾病（事實上愛滋病的徵狀和許多我們已知的疾病徵狀類似），在日常生活與社區活動中，愛滋感染者仍繼續與一般人同吃同喝同勞動。雖然衛生人員也發現當地居民似乎對愛滋病人並無歧視汙名的問題，不過在他們介入愛滋防治時，卻忽略這個差異；或者，他們並沒有參與介入規劃，所以沒能向上反映這個現象。不論原因為何，以衛生人員及地方幹部為首的介入實作，都沒有表現出深入瞭解此差異現象的企圖與實作。結果，我看到的是，一個由全球到全國性的反愛滋病歧視的介入規劃與實作，因其對族群關係與文化差異的無知與忽視，反而將對愛滋病的恐懼與歧視引入了原本並無此社會現象的彝族村寨，造成了與介入目標背道而馳的諷刺性後果。

在過去多年裡，當我閱讀中國研究的各式文獻時，經常發現以漢族為中心、甚至以都市城鄉經驗為中心的集體性語彙與概念，出現在學者們對中國發展的分析與預測之中，而我的田野經驗卻屢屢出現歧異。學界突顯中國做為一個對應於西方的另類差異主體，此等敏感度似乎較少延伸至對中國境內不同主體的差異性理解。我在涼山彝族地區所進行的社會變遷研究，讓我深刻理解到，除了必須同時由上而下、由下而上雙軌並行觀看「中國」，更須注意區域與文化的差異問題。本文所略述的田野經驗與分析，只是做為我在前言的伏筆：有很多個「中國」，得以協助我們描繪、理解、分析一般概念中那個龐大的「中國」。

原載於《當代中國研究通訊》十四（二〇一〇），頁十—十三。

（上）涼山彝族婦女
（下）涼山彝族的男性文化具有以武為美、展現探索世界本領的特質。

從中國的發展來談服貿牽動的價值問題

（本文是作者二〇一四年三月二十六日在立法院「民主教室」的演講稿）

我剛從中國回來，「太陽花」開的前幾天，很遺憾地我缺席了。當時我人在中國，看不到中肯的新聞，一開始還是當地人告訴我：「立法院的牌子都被砸爛了」，我當時的立即回應是：「早該砸了。」對方被我的回應嚇了一跳。然後當地人開始跟我大談民主的問題，大談他們眼中的臺灣因為搞民主而經濟落後於中國，甚至下結論說：「太民主了不行。」「臺灣現在比不上大陸了。」我不想跟資訊不充分的人做不對等的交談辯論，也不想怪罪長年活在資訊不透明的社會情境下而可能思考受限的人，只簡單回了兩句，就讓那位友人啞口無言。我說：「中國現在的確很有錢，但你們付出了多少生活的代價？」

沒錯，就是對生活代價的根本關注，讓我們對「服貿」（兩岸服務貿易協議）有意見，對失能的政府有意見，所以願意暫時犧牲生活的品質，來到這裡表達我們對於服貿的質疑。生活的代價，從來就不只是經濟問題而已。中國便是全球最典型的一個例子，中國的經濟發展率高達七％以上，世界各國稱羨，但當地人付出的生活的代價是什麼？而又是什麼道理讓整體社會持續支付這個代價？

過去十多年來我深入中國的地方社會做研究，而且是以不平等的社會發展為主要議題。我也常去中國的不同地區，少數民族地區、農村地區、城鄉發展地區、大都會，看過不少不同社會階層的日常生活，在天高但皇帝一點都不遠的政治架構下，是個什麼樣子？今天就想來跟大家聊聊，分享我看到的中國的日常生活。

我不需要借用抽象的民主法治概念，也毋須上綱到統獨議題，也不會用一種東方主義式的方式來妖魔化中國，只需要從中國的日常生活中，就可以看到兩岸服貿背後的價值差異。這個價值差異，正是令我深感憂慮的，卻是臺灣政府、善交中國權貴的國、民兩黨人士經常選擇裝聾作啞的價值差異。

我想透過五個日常生活的例子，很快速地瀏覽一遍中國日常生活的背後價值。

第一個例子是黨國文化的例子。三月中我人正好在中國的時候，中國的國家領導人習近平推出了一個新政策，就是，中國各地的解放軍和武裝警察部隊的會議室，都要高掛五句話。哪五句話？也就是五代最高國家領導人關於軍隊建設的五段話。所謂五代領導人，就是毛鄧江胡習，前四位已作古或下臺的人的話，我就不提了，我們來看正在臺上的領導人習近平的重要指示是什麼，他說：「努力建設一支聽黨指揮、能打勝仗、作風優良的人民軍隊。」我在北京大學任教的好朋友說，這種手段，反映出習近平上臺以來，加碼強調黨對軍隊的絕對領導，也是習近平確立自己軍頭地位的手段。朋友說，這個黨的軍國主義化，已經停不住了。當前中國的經濟與社會發展就是在這樣的國家文化價值中提升它的經濟指標。

第二個例子是中國的多黨政治。中國從來就宣稱他們也是多黨政治，只是這個多黨政治是在服從一個絕對大黨的架構之下。服從一個大黨是什麼意思？我給你一個簡單的說明。其他的小黨，從辦公室運作到代表的薪資都是由黨國支付，他黨的成員就相當於「公務員」，由中國共產黨領導多黨合作，進行政治協商會議。這樣簡單說明，你明白了吧。這就是黨國對「多黨政治」的定義。

我們再來看看日常生活經濟面的例子。第三個例子是在中國大都會裡叫計程車的例子。最近去過中國的人，如果是得自行解決交通問題的人，應該對於在當地的大都會中搭乘計程車都有很痛苦的經驗。主要的原因之一是，阿里巴巴或騰訊等大型的電子商務集團以誘人的回饋金收攏了計程車司機和乘客，也就是透過它們的管道來招攬計程車，它們會給司機比如說人民幣十到十五元的回饋，給乘客五到十元的回饋，結果導致計程車拒載短程、不載臨時客。而且，要搭車如果沒有智慧型手機，要叫車成了件非常困難的事。

你也許會問，為什麼中國沒有出現像臺灣一樣各領風騷的叫車管道？我不會做嚴謹的經濟學研究分析，我的理解是從中國的日常生活而來的。在中國這麼大的國家，很多沒有裝置桌上型電話基礎設施的地方，都可能人手一支手機，這是很多第三世界開發中國家的常見現象。中國也一樣，所以中國產生了一家超級龐大的電話公司，叫作中國移動，後來有了第二家，叫中國聯通，但也就這兩家，瓜分了中國龐大的手機業務市場。然後呢，兩家富豪財團結合手機財團，繼續製造搭乘計程車的中國式經驗。騰訊的大老闆馬化騰是排名第四的中國十大富豪，富可敵國。阿里巴巴占據了中國八成的電子商務，八成是什麼概念？根據媒體報導，一家阿里巴巴的交易總額等同於臺灣GDP（國內生產毛額）的四成。這是典型的壟斷，區區幾家壟斷企業就把一般市民搭乘計程車這件事搞得烏煙瘴氣，人人抱怨，但沒人能抵抗財團影響，反托拉斯法好像不曾在中國社會中被認真討論過。在這個具有中國特色的社會主義中，發展出一個比很多民主國家裡都還自由放任的市場，讓所有人身陷其中，抱怨卻無解。除了政府，誰能對付這麼龐大的財團呢？但政府並未出手。

在財團加速壟斷的中國都市化裡生活，真的不是一件容易的事。第四個例子我就想提一下中國年輕人的生活。中國是個這麼龐大的經濟體，經濟發展率又這麼高，高到很多臺灣政客、商人常說我們的年輕人要比不上中國的年輕人了，要在未來的市場競爭中敗下陣來了。我有聽到他們的真心憂慮，但我並不同意他們的詮釋。我不知道個別年輕人的競爭力如何，但我只知道，若把青年做為一個集體來看，我很懷疑中國青年跑在前頭這種論述的正確性和正當性。

可能有些人也知道，北京的學者廉思做了個社會調查，寫了一本叫作《蟻族》（二〇〇九）的書，他用蟻族來形容「大學畢業、低收入的聚居群體」，這是繼中國的三大弱勢群體（農民、農民工、下崗工人）之後的第四大弱勢群體。蟻族受過高等教育，主要從事保險推銷、電子器材銷售、廣告行銷、餐飲服務等臨時性工作，有的甚至處於失業或半失業狀態。他們平均月收入低於人民幣兩千元，絕大多數沒有保險和工作契約。平均年齡集中在二十二至二十九歲之間，九成屬於八〇後一代，和在場許多同學你們算是同一個世代。蟻族主要聚居於城鄉結合處或近郊農村，形成獨特的「聚居村」。他們是有如螞蟻般的龐大群體，但被主流社會忽視。他們所居住的聚落也經常面臨都市化而來的強制拆遷，所以流動性很高，他們在中國這十多年來高速加快的都市化中，日子愈來愈難過。但因為是高等教育畢業，很多人來自農村，在故鄉的小農村裡曾經是少有的秀才、狀元，如今在都市中無法功成名就，無顏回江東見父老，只能窩在都市邊陲的聚落中討生活。

如果，一個社會要讓年輕人以這樣的方式，犧牲熱情、犧牲對未來的想像，屈身在宏偉龐大但高不可攀的經濟體下，討一個沒有尊嚴的生活，來成就國家的經濟競爭力，成就金字塔頂端的財團富可敵國的實力，我寧願我的國家經濟平平，寧願年輕人不必展現這樣的經濟競爭力。我當然不反對經濟提升，也希望經濟提升能讓所有人的生活品質都提升，但得先看我們要付出的代價是否合理？

臺灣的政客、財團，到了中國，只看到大都會的繁榮壯觀，只看到十三．五億人的商機無限。他們即使進入中國的邊陲內地，也只是看中那裡更為廉價的勞工，還有因法治更為腐敗而容易取得的土地，多少的古蹟建築、考古遺址、農地、居住地因此成為龐大的工廠用地。這些高高在上的政商，在他們的經濟發展藍圖中沒有一般人的臉孔，只有他的工廠可以僱用多少勞工的人頭數，然後還在斤斤計較不到人民幣兩千元的最低工資。

這樣的對比，還要說臺灣的年輕人沒有競爭力？我知道也許說這話的人是認為我們比下有餘、比上不足。但是，正是因為要比較，請先在中國內部進行比較，再來評論，怎樣叫作具有競爭力。一個社會之中，絕大多數的人都無法競爭，無法在龐大的經濟收入中分得一杯羹，而只有少數的人有幸往上爬，這樣的發展方向是我們要的嗎？我不希望年輕人像中元普渡爬竹竿一樣，只有絕少數的人才能成功挺上去。

還有，那些在這一波經濟發展中成功了的人，他們都很幸福嗎？我有很多很正直的中國朋友，也有中國親戚，也有在中國工作的臺灣親朋好友，我在他們身上看到聽到很多對於中國發展的矛盾感受。我真的不太相信從臺灣或其他先進國家去中國生活的人會覺得中國的發展是充滿福祉或幸福感的。去問那些西進的臺商，那些說你們坐在這裡是害怕與中國競爭的臺商，他們是不是每次回來都說臺灣比較舒服？臺灣除了少數地段，大部分地區都是房屋建築窄小老舊、城市規劃亂七八糟，經濟不上不下，這樣的臺灣為什麼比較舒服？安全感和基本信任是一個重要因素。在一個財富兩極化的發展市場中，生活在中國的有錢人，不用太過有錢，只要有些閒錢，哪個出門不怕？哪個不是防東防西的？很多人甚至對於表現出助人的美德都感到猶豫，而不敢扶一把跌倒在地的人。

過去十多年，尤其是近幾年，在中國的日常生活中，每個人都在談中國現在的社會缺乏道德：人人搶錢，人人壓力大，人人欠缺信仰。我不想汙名化說中國的人沒有道德，我相信這不是事實，一般的人仍是平凡且善良的。但一般人表現道德的管道或表現道德的勇氣的確有明顯變化。那你問為什麼當地人不起來改變呢？除了長年的極權政治讓人心有餘悸外，我相信現在中國經濟發展的方式只是讓人更為無力。想想看，所有的老東西、你熟悉的東西都拆掉，你的身心要不斷應付調適不斷改變的生活空間，那是一件非常疲累的事。被拆掉的地方通常會在一年、兩年就蓋上一大區一大區比臺北大學特區還要龐大好幾倍的新高建築，每個建築都在比巨大、比氣派，相形之下，每個人就都變得更為渺小、更為手無縛雞之力。在這種帝國氣勢般的城市發展中，人只是愈顯渺小，實質的存在感愈來愈低。沒有機會高攀的多數人，在這種宏偉的城市裡屈身，只顯得更為無力，只能投降吧。

最後一個例子，我想談日常生活的自由。我們都知道，和民主國家相比，中國是相對不自由的國家，但很多中國人都會認為和以前比起來，他們今日的生活已自由太多，尤其在消費上，真的比以前好太多了，似乎最大的自由就是消費自由。但實際上，我想連消費都不見得自由。怎麼說？你看身邊的中國觀光客，到哪裡都在血拚，他們也許真的超級有錢，但也不一定。普通的中產階級一到國外，買起東西來也像是不要錢一樣。

因為，他們即使有錢，在中國卻買不到好東西，他們不信任中國的產品與商家。所以一有機會出國，就要買東西。你去巴黎精華區的香奈兒名店，裡面的店員幾乎都在講中文。我到了巴塞隆納，一個人要去晃大街，但我不會說西班牙文，當地的朋友就告訴我：「妳要是迷路了，就隨便到一家精品店，裡面一定有店員會講中文。」

那不血拚的人呢？我們來看電影和買書這些事，你一定知道，在中國是上不了臉書的，當然，有辦法的人會翻牆。網路在中國是受管制的，但最受管制的其實還有電影與出版。中國的出版審查真的令人痛苦，我也是受害者，我寫的中國研究的書，通不過審查。但這還不是最糟的，看電影，中國的電影審查，從劇本開始到完成製片，一個關節不對，不讓上映就是不讓上映。但是，政府想要推廣的影片，即使戲院沒有空檔，也會幫你排除萬難。還記得前幾年3D電影《阿凡達》勢如破竹的票房嗎？在中國一樣熱門，但同時中國政府要廣推《孔子》這部電影，於是下令不是3D的戲院，要下映《阿凡達》，換成《孔子》上映。

今天舉的這五個日常生活的例子，從黨國文化、多黨政治、叫計程車、年輕人的生活，還有日常生活的自由，都是非常普通的生活例子，但都說明了是什麼樣的價值主導了中國的日常生活。那種價值包含了持續揭櫫的黨國霸權主義、龐大的資本壟斷、對公民精神的壓制、對人的基本尊嚴與福祉的漠視。與此同時，政府用高大堅固的硬體與不斷攀升的總體經濟數字，創造高聳的經濟金字塔，令眾人臣服膜拜，誰在金字塔前不會覺得自己渺小？然後覺得自己的國家好偉大、好有希望，然後就可以繼續容忍這種價值來左右生活。

現在，你應該對於中國是一個什麼樣的國家與社會有了些基本想像了。二〇一四年的今天，中國政府仍要最核心的國家武力拜一樣的神主牌、重複記誦一樣的話語。中央一統聯播新聞的媒體天天放送為人民服務的好官事蹟、還有經濟如何快速發展人民生活愈來愈好的訊息。每次我在中國看電視時，心裡都在想，煩死了，老是喊人民、人民的，他們應該是公民，不要老是把他們當成黨國口口聲聲中的「為人民服務」的人民。我其實對「人民」這個詞是有點感冒的，即使在臺灣，我都只願意被當成公民，不願意被當成任何人口中的人民。

所以，我想請問臺灣的政府、政客和財團，和有著這樣日常生活的國家在打交道時，不需要注意彼此的價值差異嗎？這些價值差異不會影響到後續的往來發展嗎？

有人說我們逢中必反，我完全不同意。至少我從來不逢中必反，而且相反的，我對中國有高度的理解興趣，但我認為逢中必當謹慎。全世界沒有一個國家或個人在跟中國、尤其是中國政府打交道時不會提高謹慎，我不相信我們的政府不知道這一點。去問問臺商，不管是希望簽訂服貿的或是反對服貿的臺商，請問他們，在和中國打交道時，他有沒有覺得哪裡不一樣？有沒有必要提高警覺？去問我們的海基會官員、去問我們的外交官員、去問我們的各級政府官員，在跟中國打交道或靠近時，有沒有必要謹慎敏感？如果答案都是有的話，他們會說自己是逢中必反嗎？

我們不需要也不應該妖魔化中國，我也認為這個世界應該給中國時間和機會，因為畢竟那裡有這麼多的人口，希望那裡的人能活得有尊嚴，我們也不可能不和中國這個密切相關的鄰居打交道。但是，在往來之際，我們也不該對中國經濟發展中顯現的價值盲目以對，而僅任由經濟這隻手來擺布我們的生活代價。

經濟這隻右手，一定得有抱持某種價值的政策的左手來輔助實行，雙手必須並行，這從來就是一個良善社會發展的基本事實。希望臺灣的政府、政客和財團不要自欺欺人，以為自由市場等同於放任財團。

很多人應該都讀過經濟史學者博蘭尼（Karl Polanyi）的《鉅變》（*The Great Transformation*），這本書引發的一個關於經濟制度的辯論，就是經濟行為是鑲嵌於各種社會制度與道德規範等價值之中。博蘭尼把市場看作廣義經濟體的一部分，而經濟體又是廣義社會體的一部分。換句話說，市場經濟本身不是社會的終極目標，而是達成終極目標的手段。簡單說，賺錢不是目標，只是達成目標的手段。所以，如果經濟的手段反而可能違背社會目標，那當然就不是合理的手段了。同樣重要的是，在賺錢之前，我們一定會想好賺錢的目標是什麼。

博蘭尼以降的討論，突顯了一個常被宣揚自由市場的人刻意忽略的事實，就是，即使是資本主義的經濟體也不例外，經濟也是和各種價值掛鉤，包括良善的或有問題的價值。不同社會的資本主義的價值運作邏輯不見得完全一樣，從來都不是只有所謂的市場那一隻手在運作而已。比如說，在臺灣，財團聯姻是不是資本主義的常見現象？這個門當戶對的古老邏輯，到了今天一樣大起作用。中國的資本市場發展沒有社會主義集權控制的背景嗎？美國的資本主義社會沒有受到宗教的影響嗎？其實所有的經濟制度都是一種道德經濟，背後摻雜了各種價值與信念一起進入市場。

所以，我的結論是，中國龐大的經濟體所展現的價值文化，也就是我們在中國的日常生活中可以看到的價值，不論好壞，是造就中國經濟成長的內在因素，也成為中國經濟發展的外在面貌。從這種價值出發的中國資本家在進行國際合作或投資時，其中的資本與市場運作不可能與這種價值脫鉤，至少短期內不可能擺脫。兩岸服貿開放的行業中，有多少的行業在這種價值圈中成長的中國財團進入後，會影響兩地差異的價值內涵，對臺灣以人為本、以自由為本的價值造成衝擊？這些絕對不是單純的經濟事務而已，牽動的是經濟發展背後的價值之辯。

我們雖然已不可能脫離資本主義的生活方式，但臺灣的資本主義市場發展要摻進什麼樣的道德或價值，當然是我們可以討論與決定的方向，這從來就不全然地是由市場來決定。馬政府口口聲聲說兩岸經貿往來要「積極開放，有效管理」，我相信他做到積極開放，但我對有效管理打了一個巨大的問號。我想問的是，服貿所牽動的是一場價值之爭，不只是經濟或程序問題而已，如果馬政府連學生和公民聚集在此所突顯的價值差異都不能感受與理解的話，我真不相信這個政府有理解差異的能力，也不相信他們擁有有效管理中國可能帶來的經濟與價值衝擊的能力。今天學生和公民在這裡呼籲朝野要儘速推動《兩岸協定締結條例草案》法制化，並在修法過程中納入徵詢公眾意見之管道機制。我們在這個公民廣場推動公民審議，就是要告訴政府我們要的生活價值是什麼，請別再以經濟數字或行政程序來迴避根本的價值問題。

中國民族主義的崛起與挑戰

二〇一四年三月學生占領立法院後，學術界與社運界也在立法院外開辦「民主教室」，由學者與社運人士輪流針對兩岸服務貿易協議的相關議題開講。當時我剛從中國的田野研究回來，在民主教室觀察了兩天後也上臺發言。平常我很不喜歡上臺，總認為那是一個不適合思考的位置，或者說是不適合我這種習慣把思考的時空拉長，因而反應比較慢的人的位置。之所以決定加入演講的接力賽，是因為占領立院運動的癥結點與中國有關，和以往的運動主要是攸關內政的性質不太一樣。我想，自己做了多年的中國研究，應該可以提供一些思考背景，也算回饋社會。我當時的講題是〈從中國的發展來談服貿牽動的價值問題〉。

出乎我的意料之外，該文後來在網上廣泛流傳，甚至傳到對岸。很多人告訴我是因為用大白話來談中國的日常生活，深入但易懂。我自己的感想更是：不少一天到晚羨慕或批評中國的臺灣人，其實不太瞭解中國。我以口語描繪中國日常現象的目的，不在妖魔化中國，也不在簡單地反對或支持服貿，而在於提醒大家，我們表面上觀察到的中國現象，背後有著迥異於臺灣經驗的社會、文化與政治經濟的歷史。有些讀者與我有共鳴，也有不少讀者以為我也是「尋巫」中國的一員，以為該文讓親者痛、仇者快。

對中國國家意識形態與行徑保持批判的眼光，是多數中國研究者的基本共識，但批判與尋巫仍是兩回事。中國攸關臺灣的過去、現在與未來，我們其實不具備誤解中國或對中國盲目的條件。所以，當《思想》季刊欲回顧占領立院運動來邀稿時，我很樂意繼續提供自己對於中國的客觀與主觀理解，希望有助於臺灣，尤其是年輕人對中國相關事務的思辨。

和各地的中國研究學者聊天時，我都問過一個類似的問題，亦即他們認為當前中國最突顯的價值是什麼？答案意外地雷同，大致是民族主義。之所以說「意外」，是因為我以為有人會說是「道德混亂」、「信任危機」、「物質主義」等當前中國研究中常見的論述或主題。而之所以答案「雷同」，是因為即使與上述論述或主題相關，其實背後都有民族主義的影子。

早年西方漢學家與歷史學者研究中國時，大多有一個共通的想法，就是想知道究竟是什麼因素讓龐大多元的中國得以歷久延續？儘管在歷史長河中，中國歷代政權的版圖不斷變化，時張時縮，糾紛戰事頻仍。但如此之大的國家為何能長期處於或朝向一種抽象統整的政治狀態？於是，關於中國人的心理、哲學、文化、社會、歷史、科技、宗教、政治、族群、禮俗、風土、動亂等各種切入點的研究，都在試圖理解那個高大遙遠抽象的中央，與龐雜多元的地方網絡，其間錯綜複雜的關係究竟是如何形成與作用的。費正清（John King Fairbank）曾說：「中國政治史上所經歷的外族入侵，非但不會削減固有的儒家傳統，反倒會將之強化。因這些外族統治者會將儒家思想視為一處理普同人性、而非處理單一地區或種族的思想。」換言之，中國的地域主義從古至今依舊明顯，但與天朝京城的中心認同同時並存。明明是好幾個尋常國家規模的中國，究竟是如何成為一個中國，是個難解但迷人的問題。

在龐大中國的常民生活中隨處可見民族主義或大或小的影響。這些印記充滿了中國之為一個超級大國的特性與限制，也顯示出活在其間常民的驕傲與卑微。中國有其中央集權的國家特性，但這也是多元地理規模與人群情緒所組成的一個龐大社會體，無法籠統理解。忘卻中國的歷史與文化特性而對中國逕下斷言，媚俗靠攏或妖魔化中國，都只是顯得一廂情願。

欲理解中國民族主義的複雜性，進而理解基於此而延伸的國家狀態表現，得從中國歷史與社會經驗出發，而無法只從外部瞎子摸象。如果我們以地狹人稠、雞犬相聞、視草根為正宗精神的臺灣經驗，來理解龐大牛步、地域主義明顯卻政治一統的中國，就很難把握是什麼樣巨大綿長的歷史、古老延續至今的文化民族主義，以及近代屈辱與近日翻身的集體複雜情緒，在左右著一般中國人的日常生活與情感。我不認為中國的民族主義現象可用官方意識形態來簡化解釋。在中國的歷史、詩詞、口語、典故裡充滿了對大山、大湖、大漠、大平原、風土人情的想像、詠嘆、嚮往與驚懼。試想，生活在一個充滿深厚歷史積累存在與民間故事的時空中，那種深到骨子裡的生命與身體延續感，也許可以讓我們些微體會中國人的民族主義矛盾。

***

民族主義在當前中國所展現出來的具象，最明顯的該是愛國主義。還有其他各式各樣的表象，包括一切以流行語「高大上」（高端、大氣、上檔次）為目標的發展主義與消費行為，以及晚近出現形形色色致力於貢獻付出的志願者現象。

「愛國」究竟是個什麼概念？在臺灣，對很多人來說，「愛國」似乎是個髒字，不敢、不願、也不屑愛國。因為我們對於自己屬於哪個國一直爭論不休。但「愛臺灣」則是人人擁抱的善言，雖然我們心知肚明，彼此心中的「臺灣」定義，也不見得是同一回事。我們就是如此的相守、相爭或相罵。但對大多數的國家而言，包括中國，愛國可能不是那麼燙手的議題。

電影《宋氏王朝》一開始就定義了毛蔣政權相爭與中國的愛國定義，以一刀切的標籤定位影響當代中國甚鉅的宋家三姊妹，宋靄齡、宋美齡與宋慶齡：「一個愛錢、一個愛權、一個愛國。」「愛國」在中國的土地上大致是個正面字眼。

政治學或社會心理學指出，愛國主義是人群認同與動員的根本，但可能有不同程度的表現與後果。從自身認同及國家出發的民族主義普世尋常，類似的概念之所以在有為的知識圈經常成為一個髒字，在歐美哲學思想有長遠的歷史，與安德森（Benedict Anderson）所稱的「官方民族主義」密切相關。這種源於國家，且以服膺國家利益至上的意識形態，所引發的問題，大至帝國主義挾其現代性之姿席捲世界所造成的不公，小至各種排他形式的大惡與小惡，如二十世紀末期發生在波士尼亞與蒲隆地的「種族清洗」。超級愛國主義可能成為嚴重排斥異族的動機與論述根源，甚至引發戰爭。於是，愛國主義這個基本的現代人群政治概念與感受，在自由主義與普世主義者的眼中，大抵是個髒字。某回我和一位著名的德裔歷史學者聊天，他說自己是個民族主義者，然後眨眨眼笑笑說，他覺得這沒有什麼不對。一個沒有什麼不對的概念卻要笑笑解釋，大抵是因為政治不正確。

但是，歸根究柢，基於生物性種族差異的民族主義在西歐的發展，與前現代中國的文化沙文主義並不相同。對前現代中國民族主義的討論大致不涉及生物性的種族概念，而是文化中心的同化主義。當代中國著名的已故人類學者費孝通的《鄉土中國》，以漣漪來形容傳統中國鄉村的人際關係，如同向平靜無波的池塘扔進一枚石子，以自己為中心，泛起一圈圈同心圓，人際關係與群體認同就如此一層一層向外推。外散的同時，認同的力道與利益圈可能逐漸弱化，但仍藉由抽象的禮義教化與集體和天朝連結。鄉土中國的同心圓人群認同模式，在西方民族主義現代性引入後，成為有志之士推動集體轉型的標的。

自清末以降，組成現代中國民族國家的各種革命勢力，都是基於民族主義的現代性力量，欲促成鄉土中國轉化成一個巨大的現代想像共同體，成就一個現代性的民族與政體秩序。換言之，如果我們考量中國形形色色的民族主義，包含中國自古以來的華夏中心主義、地域社群主義、文化民族主義、溫和民族主義、反帝國主義、超級民族主義等等，我們也許可以區別不同的概念與實作光譜。

從傳統到現代的轉型中，文化民族主義或常民地域主義不曾退卻，而官方民族主義更接手一脈相傳的政權治理根柢，成為中國現代性發展中的關鍵動力。這個現代性無疑是外來的移植品。我在孫中山的翠亨村故居博物館裡，看到《建國方略》的英文標題（其實應該是其中一冊《實業計畫》的標題）是International Development of China。恕我原本無知，乍見這英文名稱令我訝異，但隨即能理解：中國的現代性發展確實是一種龐大的國際發展實驗計畫。原本讓中國得以模糊一統的傳統特性，加上現代性的民族國家概念，讓異己區辨、人群分類、國家想像與認同等，出現更為翦不斷理還亂的複雜秩序。民族主義就此生根，官方的、地域性的、甚至種族性的民族主義混雜，比鄰而居，卻關係緊張，但又有個共同的國家認同。參與社會主義建國大業的費孝通，因而提出「多元一體」的觀念。在一個充滿歷史記憶、多元民族的土地上，這個企圖要使民族國家的人群相安的模式，勉為其難也無可奈何。中國接受外來概念的轉型過程，百年未竟。

在這樣混沌但龐大的模糊秩序中，生活在大塊土地上不同區位的人們，大多必須得削尖了腦袋才能在芸芸眾生中被看見，不然只得老實甚至卑微地過日子。存在感這件事，是與土地生養、社會關係黏在一起的，不見得理所當然地我思故我在。

在國家意識的大旗下，民族主義或愛國情結也不必然高亢激昂，卻可能天真卑微得令人心疼。就像沈從文，一九四八年被郭沫若大力批判後宣布封筆，後半輩子被共產黨壓抑得只能鑽進苗族服飾的研究。黃永玉在《比我老的老頭》憶及表叔沈從文，一九五〇年代第一顆蘇聯衛星上天，當時舉國向蘇聯學習的中國也是歡欣鼓舞，連沈從文都歡喜得脫口而出：「啊唉！真了不起啊！那麼大的一個東西搞上了天，……嗯，嗯，說老實話，為這喜事，我都想入個黨做個紀念。」

如此吃盡黨國苦頭的文人，也不免在某些時刻揚起民族主義的內心激情。這大概是無數近代知識分子共享的情感糾結。活在那豐富綿延悠久的土地上，近代以來飽受屈辱蹂躪，以至於毛澤東建國時喊出「中國人民站起來了！」一句高昂的口號，可以讓眾人歡欣鼓動得雞皮疙瘩也站起來了。中國確實從匍匐倒地站起來了，但廣大的中國人民並沒有因此站了起來。他們依然是歷代龐大中國政權下面孔模糊的老百姓，無數人仍舊屈膝卑躬地討生活，但多數人依然愛國愛鄉愛土地。個體在面對社會不公時，愛國可能是個人未來出路的夢想所繫，也可能是心中痼疾。就像老舍《茶館》裡的經典喟嘆：「我愛咱們的國呀，可是誰愛我呢？」

***

在龐大混沌但又巨大抽象的社會秩序中，要如何體會「我」的存在感呢？

如果把大躍進、文革時期的瘋狂躁進，和今日由網購平臺發起瘋狂購物風潮的「光棍節」並列，予人身臨跨越時空情境之感。二〇一三年十一月十一日的光棍節前夕，我在電視上看到淘寶網的發起人馬雲，個頭不大的他站在「高大上」的舞臺上，鼓舞中國網民一起在光棍節當天共創網購銷售額的奇蹟。沒多久，只見十一日到來的那一刻，交易額就像紐約時代廣場的新年倒數計時一樣，吸引眾人激情地盯著數字看。不同的是，光棍節購物狂熱的交易數字額是不斷急遽攀升，而且是眾志成城，龐大的中國網民一同加入奇蹟製造。據稱，十一月十一日當天，淘寶網全日的營業額為三五〇．一九億元人民幣，堪稱世界紀錄。

看到那些畫面，令我想起毛主席在天安門舉手向眾人揮舞，臺下臉孔模糊的萬民極度狂熱、卻又絕對服從的詭譎秩序，共創革命激情。光棍節上網購物這種受資本家號召消費的現象，在社會主義中國（至少官方仍如此自稱）不但未受抵制，反而成為傳奇。在電視機前，我恍惚地以為，在中國，創造奇蹟的民族主義仍在熱烈傳唱，只是戴上了

「姓社」或「姓資」的不同面具。鄧小平引用的四川諺語「不管白貓黑貓，會捉老鼠就是好貓」，不僅可用於社會主義與資本主義路線的辯論，也頗適用於對民族主義的挪用。

這種以堆積小人物抑悶的民族情結，來創造國家奇蹟的現象，在龐大沉重的中國顯得異樣地突出。渺小的個人要衝出黑壓壓的人際線真是難上加難。以微小但眾志成城的方式來參與一件「大事」，也許有機會體會自己在「高大上」經濟金字塔中的存在感與些微成就感。

中國追趕現代性的步伐、規模與方式向來令世界矚目，近年來更是以「光速」超英趕美，大躍進般的狂熱似乎不曾稍減。當前巨獸中國的經濟發展模式既讓中國人感到國家榮景的希望與驕傲，也可能讓一般人感覺無力渺小，疲累至極。「拆」這個字，自一九九〇年代起不斷成為大街小巷、裝置藝術、各類影片、多元文本中最常見到的字眼之一。設身處地想一想，所有的老東西、你熟悉的東西都以迅雷不及掩耳的速度拆掉。生活在如此變化萬千的環境中，身心得應付、調適不斷改變的生活空間，那真是一件令人異常疲累的事。被拆掉的地方通常會在一、兩年內就蓋上一大區一大區比臺北大學特區還要龐大幾倍的新高建築，每個建築都在比巨大、比氣派。

全球最高的二十座建築，九座位於中國，全球百座最高建築則有四十二座位於中國。

中國不僅高樓雲集，其飆高的速度更是不斷刷新世界紀錄。據媒體報導，中國高於二百米的建築，從二〇一二年的二十三座增長至二〇一三年的三十六座，占全球等高建築總數的一半。預計二〇二〇年時，全球最高的二十座建築，十一座位於中國。已完成或夢想興建的高樓不一定建在中國的超級都會中，不少二、三線城市也努力加入這場高度競賽。在這種帝國氣勢般的城市發展中，民族主義隨著經濟指數飆漲。中國站起來了，而且站立的制高點更足以睥睨低落偏遠，有人順勢發達，落後疲累者更是所在多有。沒有機會高攀的多數人，在宏偉的城市裡屈身，蹲守在金字塔底端只是愈顯渺小，實質的存在感愈來愈低。

中國藝術家徐冰是位能夠充分展現中國特性但又超越中國的天才，曾把英文寫成漢字形象揚名國際。他二〇一〇年完成的作品《鳳凰》，與中國這塊全球最大規模的超級工地密切相關。這件作品在上海世界博覽會展出時便引起熱烈討論，二〇一四年初在紐約展出再度引爆風潮。這件中國《鳳凰》在世界巡展，但它的血淚之鳴，我想應該只有在中國才能適得其所吧。

二〇〇八年時，徐冰受邀為著名的北京環球金融中心建築製作雕像。他進入建築工地時，震驚於混亂破敗的施工實況。他沒想到在技術如此發達的時代，如此聞名高端的建築實際上是以低水準的技術修建而成。外地移工在工地上的生活也相當不堪，他簡直難以想像，甚至感覺不寒而慄。於是，他以在那處工地搜集而來的建築殘片和工人用過的勞動工具，做為創作展翅起飛的鳳凰雕塑材料。徐冰曾對媒體形容這座遠看巨大美麗展翅飛翔、近看卻傷痕累累的鳳凰，「經歷困苦，卻依然保持着自尊。總的來說，鳳凰象徵著未曾實現的希望與夢想。」

當前中國「高大上」的發展巨像，何嘗不就是這尊鳳凰？遠觀時眾人稱奇，近身生活則是另一番酸甜苦辣交雜的滋味。中國歷史上每個王朝都夢想創造出獨一無二的鳳凰，以之象徵王朝企及的吉祥、興旺與神聖之力，但此奇珍異獸也反映民族主義發展榮景下底層浴火的哀鳴。

二〇一四年春節前夕，我收到一位中國年輕讀者的來信，告訴我她讀了拙著《我的涼山兄弟》後，覺得這本書不可能在中國出版。但她希望更多人能讀到此書，所以下定決心，花了一個多月的時間，每日下班後用電腦，以及通勤時在公車上以手機輸入的方式，一個字一個字地把書稿全數打畢，然後把完稿送上網，甚至寄了一份給我。她寫道：「啊，終於趕在年前完成了這件大事！」讀了這封信，令我異樣地感慨，這位年輕讀者就和我知道的眾多中國年輕人一樣，經常天真無悔地全心投入一件他們口中的「大事」。

實際上，那不見得真是件大事，但能在個人無力可施的偉大榮景中，為自己帶來些微生活意義與存在感的事，的確也不是小事。

在民族、愛國等原本樸實天真的心情下尋找社會與生活意義的心情，是塊多大、多吸引人的龐大社會能量與資本啊。政權如是看，鴻商富賈亦如是看，有志之士者更當如是看。

＊＊＊

中國到底有多大？我以為數字與人口無法充分說明。我們先來假想切割中國的土地，不論是費孝通或施堅雅（G. William Skinner）提出的中國版塊論中，都顯示出「北方草原」、「東北高山森林區」、「青藏高原」、「雲貴高原」、「南嶺走廊」、「沿海地區」、「中原地區」等，在生態、族群與文化上的明顯差異。由中國境內區域的多樣性觀之，檢視這個國家的歷史文化、社會現象、經商貿易、政權治理，都很難迴避區域與族群差異。這麼大的國家如何統整？

某回朋友拿了一張中國藏區老人的照片給我看，他們想用那張照片當作臺灣某出版品的封面照。但發現該名老藏人身穿毛裝，猶豫使用該張照片是否會引發爭議？我的回應是，在藏區，穿毛裝、把毛澤東相片與班禪喇嘛或達賴喇嘛照片並列祭拜的現象稀鬆平常。天高皇帝遠，常民膜拜的是同樣高遠崇敬的抽象領袖。而在同樣的區域，也有境外媒體關注的藏人自焚，而自焚的直接動機，常是將自己的忠心與生命奉獻給達賴喇嘛，而外界的分析則著重此動機的間接政治意涵。對於行為的解釋有各種可能推論，但我想強調的是：一個龐大的政體，如果不是神權或聖權，如何一統人心？

我向來相信，世上最強大的力量，是象徵的力量，而民族主義與宗教是為其一。

多年前，我和一位美國人類學者躺在紐約河岸大教堂外的長椅上仰看天際。朋友突然說出：「教堂是地景上最大的傷疤。」我瞭解他的意思，他是哀嘆宗教帶給人類的分裂與衝突。偶爾，走在中國的校園裡，會看到某類海報，要觀者小心邪教。某回我對一位中國人類學者說：「民族主義才是最大的邪教。」他沒理會我，不知是禮貌性地不同意我，還是心裡同意但不願公開討論。

中國歷代政權都有各種手段讓民族主義或愛國精神得以由天朝外射。皇恩浩蕩，上追炎黃，下封地方宗祠與神祇，秩序井然。現代民族國家手法雷同。先來人群分類，再依據現代政治架構重劃行政區域與層級。由村落、鄉鎮、縣市，一級一級往上爬，再到首都，及於中央政府。人民的視野，無論新舊，便是循著這一具象化的時空面向逐漸拓展。同時，中央或民族集體認同也循著這樣的時空面向雙向流轉，高遠抽象的民族主義或愛國意識，也就有了活路得以深入個體人心。

即便這是一條諸多新興民族國家，包括臺灣都走過的路，但我們該記得，中國的龐大與久遠的歷史，定當讓它走得很不一樣。始終讓那裡的統治者或眾人念茲在茲的，不僅僅只是個體的苟延生存而已。尊嚴，能襯得起土地規模與綿延歷史的尊嚴，是集體眾望，甚至是集體犧牲有理的眾望。人觀於中國，始終與集體密切相連，個人的權利義務想像，即使脫離了家庭社群，也難脫離國家的龐然無際。

二〇一四年，習近平在法國向世界表明中國是一頭「和平的、可親的、文明的獅子」，以此修辭來回應世人對中國崛起的憂慮。帝國崛起時向周遭眾人宣示其和藹可親，是何等滑稽之事？然而，仔細想想，中國歷代朝廷，也常以和平的說詞征伐鄰近邦國。只要周邊蕞爾小國肯臣服成為藩屬，也確實有機會享受天朝的和平相待、甚至諸多援助。中國之為大國，非今日之始。

二〇一四年三月學生占領立法院運動結束後，六月間《天下雜誌》訪問了美國前國務卿希拉蕊。她警告臺灣若依賴中國太深，會讓臺灣變得更脆弱，「失去經濟獨立，將會影響你們的政治獨立」，一語直指臺灣人的恐懼。但臺灣真的需要希拉蕊來告訴我們這件路人皆知的事嗎？先不論所言的道理，希拉蕊必然以臺灣內部的對中思考來包裝美國的對中政策。美國與中國的較勁是甚囂塵上。代表另一種利益聲浪的《華爾街日報》，八月初評論全球區域經濟整合加速進行，中國大陸與南韓的自由貿易協定即將完成。該報以〈臺灣自甘落後〉為題，對臺灣加入區域經濟停滯不進的爭議，發出警訊。學理上，任何的評論與預測都可能公說公有理，婆說婆有理。但國家與民族主義的動向，從來就不盡然只有理性思考。

面對中國主導的區域經濟統合，我們恐懼有理，甚至，世界都為之忌憚。只是我們確實無法僅以自我保護的思維來決定是否加入區域經濟。我不諳經濟事務，但對中國的影響圈有別種認識方式。中國繼美國介入亞太區域經濟統合之後，也企圖競爭引領另一類區域經濟統合。中國幅員廣大，鄰國涵蓋東北亞、北亞、中亞、南亞、東南亞，自一九九〇年代以來，幾乎與所有鄰國，包含北韓，都聯手發展各式經濟特區。中國的區域經濟勢力甚至早已深入非洲，其規模之龐大，世界都瞠目結舌。二十一世紀初國際學術界的新興研究課題就是「中國人在非洲」，可見一斑。

近十多年，一度被航空業取代的鐵路業再度興起，主因就是中國與美國都在發展鐵路與公路系統。中國大規模興建鐵路、公路，廣泛貫穿連接鄰近國家，加速區域經濟往來。中國高鐵「走出去」的策略自二〇〇九年起展開全球布局，參與歐亞、中亞、泛亞、泰國、中東歐、非洲的高鐵籌建，並計劃駛向拉丁美洲。二〇一四年七月間，習近平在巴西首都會見祕魯總統烏馬拉時強調，中國、巴西、祕魯三國將針對連接大西洋與太平洋的「兩洋鐵路」合作共同發表聲明。一般估計，造價粗估一・二兆美元的兩洋鐵路完工後，將可打破美國長期控制巴拿馬運河以壟斷國際物流的霸權。

二〇一四年七月金磚五國（巴西、俄國、印度、中國、南非）在巴西年度集會，有意催生「金磚開發銀行」，企圖挑戰以美元為首的金融霸權，在世界銀行與國際貨幣基金之外，另闢蹊徑，成立大型新興開發銀行，提供金磚五國改革、融資、紓困與建設所需資金。野心勃勃的金磚五國，人口占全球四二%，經濟總生產力近全球四分之一，企圖合縱連橫改變當前世界的遊戲規則。誰都看得出，五國當中，最有力道的中國，極可能是與歐美分庭抗禮集團的領頭羊。

無人能忽視中國的霸氣。各國與中國簽訂協議之時，都感受到強烈的政治、經濟與文化威脅，但亦無法自外於中國影響的現實，所以同時致力於知己知彼的往來策略。世界各地眾多的反美主義者當如何看待中國崛起與發展國際平行治理體系的企圖？我相信，一定有人樂觀其成，也有人感覺大事不妙。

由英美肇始的全球化，弔詭地促成中國崛起，繼而引發歐美諸國焦慮。當前，全世界不論是頂尖大學還是三流學校都急於跟中國各地高校簽訂合作備忘錄、姊妹校、成立該校的某某中心等。這些學校進入中國，除了發揮知識價值的影響力外，當然更著眼於中國龐大的教育市場，還有研究發展上可觀的合作空間。而中國除了開放讓外國大學進駐，並送出大量留學生到世界各國，也反向地在世界各地的知名學府砸重金成立「孔子學院」，例如史丹佛大學就拿了中國四百萬美金。外界對此雙向輸出的評價有異。西方向中國進行價值與知識輸入時，視為理所當然；但當中國向西方進行反向的價值與知識輸入時，西方學界雖接受龐大資金挹注，亦不乏強力批評者，包括著名的人類學者薩林斯（Marshall Sahlins）。然而，批評歸批評，世界各學術領域的大師，仍持續挺進中國，一睹人類史上最快速的發展進程，並盡情在繁榮之地引領風騷。

***

憂心臺灣被中國吞併的人常說臺灣應走向世界，而不該過度靠攏中國。我相信，這是多數民主國家的基本國際觀，具備獨立自強心志的國家都不該把雞蛋放在同一個籃子裡。但在全球化時代中，發展受益最深也形塑全球發展模式甚鉅的中國，雖然不代表世界，但卻是認識世界的重要大站。對臺灣而言，甚至可能是最關鍵的一站。原因無他，在講究規模的全球化時代，對世界各國而言，中國既是關鍵對手也是重要夥伴。

中國官方民族主義向來不是內縮就是擴張，少有例外。中國歷史上從來就少有平靜無事、天下與鄰國都太平的日子。曾經，中國自閉內縮，臺灣也就在那股中國向內看的民族主義風潮中得以喘息、走出島嶼、向外爭取生存空間。如今，中國繼開放自我後持續向外擴張，臺灣的國際空間受到明顯擠壓，我們也反向地開始內縮。即使我們堅信中國不是我們走向世界的唯一途徑，但緊鄰發展擴張主義的中國，我們能如何突破困境？

臺灣要對抗中國的民族主義嗎？是對抗什麼？對抗中南海的民族主義方略，民間混雜的文化民族主義，或是常民的愛國主義？我們能夠辨識不同的中國民族主義形式與意涵，甚至辨識自己是基於什麼樣的民族主義情緒來回應包羅萬象的中國現象？也許我們可以更為理解與關注中國民族主義的發展，這有助於我們辨識民族主義是否被不同立場者誤用、濫用，以免因模糊認識與抗拒中國民族主義而陷入自閉式民族主義的陷阱之中。

中國的各式民族主義異樣地在那塊土地上並存，由官方民族主義為主導的愛國意識，成為治理的根基。而臺灣呢，我們不僅沒有共識的官方民族主義，也沒有具共識的愛國意識，卻有夾雜了多重認同的民族主義表現，我們缺乏一統的國家政治理念。臺灣經驗是福是禍，難以判定。只是，欲認識截然不同的中國對手，我們需要超越自身的經驗限制。

「和平崛起」的中國，是帝國的歷史與馬克思的國際主義共構的藍圖。民族主義中國的國家發展應會持續下去，不是對內便是向外。犧牲落後者的發展榮景短期內也不可能落幕，集體安全與國家榮光的歷史訴求深植人心。不論外界厭惡或抗拒，民族主義中國並不會成為過去式，至多換代，以不同形式呈現。這是中國歷史的熟悉基調。

不同的民族主義者能共處嗎？二〇一四年暑假，我們在中國中山大學的珠海校區舉辦「兩岸人類學營」，有二十五位來自臺灣，以及近百位中國、香港及澳門的學生參加。幾位臺灣學生穿著「運動」標語的T恤、背著「運動」書包進入中大校園與課堂。大部分的臺灣學生都抱持明顯的臺灣意識，其中更不乏堅定的獨立立場者。而中國的學生中，具備愛國主義與民族主義者也是不遑多讓。學生之間，是否進行過政治立場的討論我不清楚，但從他們嘻笑玩樂、密切合作的樣子看來，即使具有不同的政治立場，仍可能玩成一片。或者，在這種暑期營隊的過渡情境中，大家得以互相維持基本禮儀，接觸與理解為先。畢竟，活在當下很實際；至少，把握機會知己知彼很重要。甚至，與不同理念者往來的彈性，也可能是年輕一代的特性與能耐。

臺灣內鬥的政治儀式頑強地不肯落幕，諸如此類的儀式也始終有觀眾，於是臺上的人樂得演戲，臺下的人也樂得串唱，上下一心忘卻只緣身在戲棚中。即使上不了檯面，卻不肯下臺。只是，當守舊的演員們脫下自我膨脹的斗篷，出了自欺欺人的戲棚，也只會發現這世界並不會絕然迴避或天真擁抱民族主義發展下的中國現象。世界各國謹慎但不退縮地與中國交手，是迎向未來的必經現實。臺灣更得知己知彼，既無法信賴有失尊嚴的媚俗，也不能依恃井底窺天的愚勇。我們得儘早走出當前的過渡階段，如果繼續滯留其間，原本的實力累積與反省認識都有可能遁入混沌無解之境，而中國仍會繼續慣行地發展下去，下一代的未來更見真章。

原載於《思想》二七（二〇一四），頁二一七—二三二。

從「八八水災」思人類學特質

第一次看到人類學者羅茨（Robert Rhodes）寫「我類」的七項特質時，心裡連驚七下。這些個個一針見血的人類學者特質是：孤僻人士（the loner），軟科學派（the soft scientists），龜速（the tortoise），愛唱反調者（the naysayer），傳教士（the preacher），浪漫的狂熱分子（the romantic zealot），最後致命一擊是：可以被取代的人（the replaceable）。這每一項特質，不論同意與否，都可以長篇大論討論一番。

不過，心驚之後冷靜想一想，我以為，「軟科學」是質化研究的共通特質，絕非人類學的獨門功夫；歷史學者「唱反調」的本事也經常令人讚嘆；我們也不見得比社工或經濟學更為勝任「傳教士」；至於「狂熱的浪漫」程度我們也有機會小輸哲學家或文學家。但在「孤僻」、「龜速」，以及「可以被取代的人」這三點特質上，我類似乎真的無人出其右哩。雖然這篇短文的目的其實是在討論與去年（二〇〇九年）「八八水災」有關的議題，我卻想環繞這些特質來談談我參與「八八水災」後的相關行動時，對人類學的矛盾感想。

記得八年前我開始進行愛滋病的研究，和一位同行的人類學前輩聊天時，他說：「人類學那種耗費長時間做一個小社區的研究方法必須有所改變，不然等我們〔人類學家〕慢慢磨完對社會結構和文化的瞭解後，愛滋病人已經死光光了。」當時我心裡一驚，沒錯！這正是人類學面臨當代快速社會變遷時的困境與挑戰。人類學幾乎是所有人文社會科學中對此疾病反應最為緩慢的一門學科。當代社會變遷經常以令人咋舌的速度一幕幕接續上演，人類學者向來熟悉的做研究的時間與空間座標已經大幅度位移，甚至可能消失在跨界、瞬間與混沌之中，新的定位點卻尚未建立。這個曾經在研究中令我深思的人類學問題，如今在我的社會實踐中再度冒出。

二〇〇九年「八八水災」發生後，我參與多年的「台灣人權促進會」和許多經驗老道的民間社團一樣，由諸多不同領域學者組成的理監事群立刻神經繃起，迅速討論救災與政府問責的問題，並界定這是一場民生人權的大考驗，其中，原住民的議題是焦點。由於台權會是民間社團界的老資格了，我們決議串聯其他社團，集結力量辯論，以影響並監督政府政策及其執行。後來形成的第一個檯面上的行動就是八月二十四日的「八八水災重建條例政府版本公聽會」，由台權會和「臺灣守護民主平台」合辦，四十多個民間團體包括受災原住民自救會，以及原住民、環保、福利及法律人權社團的學者專家參與並登記發言。當天我擔任公聽會的主持人之一，由於公聽會最後擬迅速提出一份針對立院兩黨重建條例版本的修正案，我得非常仔細聆聽所有的發言，以便當下彙整意見做為會後決議討論的基礎。所有的調查、批評與意見都直指根本的現象與政策問題，也都論及原住民的相關歷史及社會文化議題，不同專長的學者及社團工作者很迅速地定位各自的角色，以及得以努力切入的方向。但我卻想不到人類學立即而明顯的角色為何？一般的習慣是想到原住民議題就直覺與人類學有關，但當天眾多的非人類學者都熟稔原住民的議題，似乎不一定非人類學者不可。

在此天災人禍之際，人類學也許沒有小用，但有大用。是我不才，尚未領悟而已。

八月下旬，我陸續接到來自東部以及南部受災地區的訊息，許多心理諮商師以及社工領域的學者專家都已在第一時間進入災區協助。由於同村的災民經常緊急安置於不同的營區，出現不少人群離散的情形。基於就學的需要，許多幼童甚至與父母分離。這些協助人員進入營區及校區後未久，便面臨各式各樣的棘手挑戰，其中之一就是對災區原住民文化的不熟悉，以至於在介入時出現了令他們自己都感到不舒坦的文化隔閡。這種不理解甚至成為一種難言的戒慎恐懼，讓協助者擔心自己可能做錯。但在面對大量緊急需求而不能不做的堅持下，他們只能硬著頭皮做。我是在這樣的情境下被找去臨時應景當「多元文化與社區發展援助」的講師。當時，我的反應是，我的人類學知識該派上用場了吧！

結果是，說實話，接觸災區第一線的工作者，可能比我自己下災區瞎忙還要焦慮。因為，我要做的是一件在模糊狀況下必須進行的「概念」或「技術」交流的工作，這不是個談理論的場合，是一場經驗、建議與彈性的肉搏戰。一方面，我過去在柬埔寨及非洲從事國際發展工作以及擔任第一線災難記者的經驗，讓我得以迅速掌握基本狀況，並與工作者分享我犯過的錯及習得的教訓：但另一方面，我的人類學知識和慣習像「背後靈」一樣，不斷在背後戳我——欸，妳這樣夠人類學嗎？決策與建議會不會來得太快了？

我衷心相信，人類學者對於水災的關注，其程度之高不下於其他學科。只是，我們一向慣行的做法是——在完成「全方位的理解」之前的行動是令人不安的，動輒得咎，雖然得咎的經常是我們自己。甚至，儘管達到「全方位」的理解後，可能也還是動不了，因為一動就會牽扯到「站邊」的問題，然後就可能破壞「全方位」理解的可能，破壞田野裡因一定距離而形成的平衡人際關係的假象，然後就「不人類學」了。

常見的情況是，不論甘願與否，「作壁上觀」似乎變身成為「參與觀察」的代名詞。對於其他奮力下場、不以是否「弄髒手腳」為最高考量的行動者而言（包括一度被誤解流放的應用人類學），人類學似乎成為清高的「孤僻人士」——不下場當然就不會弄髒手腳囉！

那這可能就不只是龜速，而有龜縮之嫌了。

一般而言，針對災難發生的介入援助，就和醫療照護一樣，主要包括緊急救援、中繼服務，以及修生養息（或言永續發展）三個主要階段。緊急救援需要的實用技術層次相當高，反應必須迅速，比較不是社會科學大顯身手的場域。通常這個領域需要的是「證照」人士，例如醫護人員、工程人員、宗教禮儀人士，以及軍警等公權力執行者。社會科學者的學位證書和小客車駕照數量一樣超多，但派不上用場。進入中繼服務階段，介入時人際互動與社會心理因素開始相對明顯重要，人心需要安頓、人口戶口需要調查、地政與法律權責都需釐清、援款需要合理籌配發放、慢性病需要照護安頓等等，比較用得上社會科學的專業，但似乎仍用不到人類學的專長，或者說其他學門可能更為拿手這些項目。甚至，人類學者善於批評分析、全方位的完美主義思考慣習，也可能讓其他專家退避三舍，除了不瞭解我們的術語外，也找不到與我們合作的切入點與必要性。

看來，人類學者最為擅長的深入基層與「鐵杵也能磨成繡花針」的耐力理解功夫，似乎最適合永續發展的階段，此時房子要蓋起了，社群要重聚了，日常生活實作慢慢要恢復了，一個混亂的社會秩序行將開始趨於穩定，我們終於又可以找到「社區」了！不過，這時問題也來了，跨過了前兩階段與災民的互動，以及信任基礎的建立，要直接進入第三個階段大顯身手，真是一場幾乎不可能的任務。而從頭做起，即使邊做邊錯、邊錯邊學的其他專長人士，可能也已捉摸出參與觀察式的深入理解了，多元文化的理念也可能已成為其身體力行的經驗了。那麼，到此為止，我們是否真的可能成為「可以被取代的人」？

我是在這樣的疑問中、非以人類學者的身分進入災後的討論與行動。我的選擇是先將人類學的焦慮暫擱一邊，以免它令我的社會關注與熱情坐以待斃。有些人類學者也以各自的方式投入援助的工作，我其實很好奇他們有沒有「我類」人類學知識與實踐上的矛盾情結？還是其實「我類」才是「異類」？我不認為學者一定要參與社會實務工作才叫作社會關注，但我仍舊好奇學者研究分析與論述的社會意義是否值得公議？

我寫過這樣的句子：「人類學活在我的眼睛與血管裡。」胡忠信說石油大王洛克斐勒說自己的血管裡流的都是石油，他自己則認為他的血管裡流的該都是墨水，問我寫這話是何意？我說那代表我看這世界的眼光與熱情。但我忘了說，人類學還活在我的良心裡。這個良心我想是無數的人類學者都有的焦慮，從人類學史上不斷自我批評、質疑、否認、繼而對行動產生的焦慮來看，這的確是一個良心議題。只是，怎麼一件該是美意的出發點，後來卻形成了這些我類特質、甚至可以被取代的現實？

我是讀《十萬個為什麼》長大的那一代，被教壞了，到了今天還在問為什麼。找不出答案，我只能繼續張揚我類特質之一，來唱個反調吧：

歷史學者跟我說：就知識而言，人類學比社會學好玩；但就社會效用與意義而言，社會學比較有用。

經濟學者跟我說：你們人類學家一個小村莊的研究還沒有做完，我已經做完四個國家的研究了。

你們說的都是事實，但我很想回嘴說：你們做得都不夠好啦！我只不過是希望先把你們的錯分析完後才當最後犯錯的那個人而已。

原載於《人類學視界》四（二〇一〇），頁二——四。

一段漫長的倫理之旅

（《我的涼山兄弟》簡體版跋）

《我的涼山兄弟》終於發行簡體版了，回首來時路，令我不無激動。

此書是關於中國涼山的故事，中國大陸卻是最後的出版地。二〇一〇年底英文版出爐，以英文為起點，是等待，希望人事變遷得以減少對報導人生活的衝擊。二〇一三年初繁體中文版發行，是義務，讓此書以中文面世，才能讓涼山廣為認識。中國書市風起雲湧，涼山兄弟的故事終於在二〇一五年中「返鄉」。

此書的英文書名為*Passage to Manhood*，註記了我與此書相關的人生也得經歷過渡儀式的隱喻時刻。二〇〇七年博士論文口試結束時，我的指導老師孔麥隆（Myron L. Cohen）便對我說：「It's "write of passage", w-r-i-t-e.」此書曲折的出版歷程，就是一場生命通道。是我個人的，也是涼山兄弟的，期待讀者能感同身受。

讓涼山故事廣為閱讀是我寫作此書最大的目標與動力。此書的中、英文版在不同地區都引起不少迴響。不同地區讀者的回應有時反映出地域之別。中國之大，世界之廣，每本書自然可能對背景迴異的讀者帶來不同的感受與意義。但是，讀者可能感受到的共通性又是什麼呢？

不論是英文讀者，還是不同地區的華文讀者，多數先前都對廣袤、崛起的中國西南一隅所發生的故事毫不知情。對涼山青年們生命歷程所展現出的戲劇性與時代感慨，是多數讀者都有的共同喟嘆。戲劇性加上陌生感，鍾愛小說、電影的我明白，這題材雖寫實深刻卻十分遙遠，亦不討喜，絲毫不沾異鄉風月的朦朧美。要讓讀者願意打開書、讀下去、付出同情性的理解，我得不斷引導，以報導人的生命經驗和我的誠意引導。這樣的書寫在學術圈，並非易事，箇中滋味我留賞自己，不於此耽溺。如今回顧數年前的作品，雖覺多有未盡滿意之處，但我仍確信彼時的我已盡力將少數民族拉回中國舞臺，不是表演舞臺，而是社會關注的檯面。

長久以來，與中國有關的文獻與研究，多以漢民族為中心。以都市城鎮經驗為中心的集體性語彙與概念，也頻繁地出現在學者們對中國發展的分析與預測之中。而我的歷史理解與田野經驗卻屢屢與之歧異。學界突顯中國做為一個對應於西方的另類差異主體，此等敏感度較少延伸至對中國境內不同主體或族裔的差異性理解。我在涼山地區所進行的社會變遷研究，讓我深刻意識到，除了必須同時由上而下、由下而上地雙軌並行觀看「中國」，更須注意區域與文化的平行差異問題。

不同地區的讀者所具有的社會意識不同，也表現在讀後反應上。有的回應讓我油然而生久逢知己之感，有的評論則是透過我提出的議題抒發憂國憂民之己志。也有評論稱我批判力道仍不夠，有的卻批評我只扒糞卻不見發展的好，有的甚至沒看過書就道聽塗說或胡亂批評一氣，形形色色的評論令我啞然失笑。更多的人寫下了他們的內在震撼與感動，不少讀者特地寫信告訴我讀後心得。也曾經在臺北的辦公室接到一通旅美的彝族後裔打來的電話，感謝我寫了這本書。猶記得，二〇一四年除夕前一天，我收到一位自稱是四川小讀者的來信，說她希望更多人能讀到此書，便下決心利用每天搭乘公交車的時間用手機打字，一個多月後終於完成，還把二十餘萬字的檔案寄給我：「啊，終於趕在年前完成了這件大事！」我不確定這是否算件大事，但對我而言的確茲事體大。那年，這位我至今未曾謀面的小讀者來信，讓我過了一個滿懷感動與感激的大年夜。

此書出版前未久，二〇一五年五月，一名涼山彝族毒販阿機子發的新聞在網上如火如荼：「四川死刑犯就醫時逃脫，警方懸賞兩萬元尋找三十四歲阿機子發的線索」之類的新聞標題隨處可見。出生於涼山寧南縣的阿機子發，因販毒一審被判處死刑。四月二十七日阿機子發稱身體不適被送往西昌市醫院途中，趁機脫逃，引起軒然大波，涼山公安全力緝捕。半個月後，五月十日凌晨阿機子發在昭覺縣海拔三千三百公尺的高山上被逮，距離他逃脫的地點約一百公里。

這則新聞引起了一位中國年輕人的注意，他以網絡3D衛星地圖搜尋涼山的寧南、西昌、昭覺，「這三個位置，就好像他的人生最後階段的三角坐標。……之所以查看這三個位置，因為他成長和被捕的地名，都直觀地給我一種『極端貧窮』的印象。……從高空打量他生命中的這三個位置。那其實是一個非常狹小的範圍。這個三角區域，距離金沙江很近。再往上游去幾百公里，就是雲南省的麗江、大理，一個相對富庶的區域。可惜，阿機子發的三角區，距離那裡還隔著攀枝花和許多礦山。他注定不會往西面逃亡，那邊是很多個藏族自治縣、苗族自治縣，和他的生長範圍迥異。他也不會往南邊逃亡，那裡靠近金沙江流域，漢人居多。而北面，越過涼山，就是甘孜自治州、雅安，那也是他不熟悉的領域。所以他只會往東逃亡，從西昌，順三〇七國道，委身大山，一路逃竄。我閱讀沿途的地名，發現都是彝族色彩濃郁的名稱。他的生命，從出生，到青年，到逃亡，也許都處在一個四面隔絕的境地。只是這片大山。」

因著阿機子發的新聞引發的好奇與感慨，這位署名為「曉」的讀者在網上讀到《我的涼山兄弟》，然後寫信告訴我他的閱讀緣起與心得。曉的來信和阿機子發的故事，讓我再度回到二〇〇二年夏天首度拜訪涼山時的內心撼動。一路走來，我雖未曾相忘初衷，但終究力有未逮。

書是我寫的，但關於此書的感受及評價，大多都已超越我之外，成就歸諸於賦予其意義的各路人馬與社會。當我因為這本書陸續獲得肯定的時候，涼山鄉民的生命路徑卻仍不盡如人意。這令我深覺諷刺，我還需要更多的時間去思索這樣的學術與生命關係。但至少，在此當下，我希望不僅我個人的努力被肯定，更希望我的研究對象能被主流社會看見，這是我始終如一的初衷。

我的學術之路並不是一路筆直地通往康莊大道。我常告訴身邊的年輕學子，在寬廣的世界裡卻只留在學院之中，缺乏社會歷練，要做到具現實感的人類學研究，會有相當的距離。我鼓勵年輕人「出走」學院，待確認自己的生命熱情後，有機會再重返學術之途。我以為，這應是一條通往學術與社會倫理的哲學之道，會帶來很大的不同。我的人生走了不少蜿蜒曲折的幽徑，一路上看過不少奇特風景。經歷過多種挑戰眼光與情緒的生命政治，也練就親歷理解陌地的膽識與熟稔。如此種種，充實了我在學院理論學習之外，與這個世界接觸和認識的重要根基。看了這麼多，也想了、寫了這麼多，要說我迄今為止的最大收穫為何，反而是我在分析與批判之前更形謙卑與警惕，更瞭解學術的力量及其限制，也明白該與自己進行何等對話，這是我的志業。這些生命教訓都來自於我在各式田野現場中所見證過的一切。

近二十年來，我的生命一直在「這裡」和「那裡」之間經歷流動。香港《明報》駐臺記者及英文《臺北時報》記者這兩種具備外電性質的媒體，讓我得以養成從全球高度看地方，並呈現地方特性的能力。在柬埔寨與非洲從事國際援助發展工作的體驗，讓我意識到不論是霸權與不平等，還是普世價值的界定，皆如何以微細血管的輸送模式流向世界各地。人類學的田野調查讓我有機會進入涼山，而今也在記述中國痲風防治中的各種故事。這些不同的經歷，角色雖異，卻讓我有機會長年在世界不同角落參與當地生活、體會人情，並見證這個快速變遷世界裡的悲歡哀樂與權力失衡。

研究與書寫是我對身處時代的結繩記事，以此銘記我經歷過的風起雲湧或黯淡幽微，出版更是我對研究報導人的倫理義務與基本回饋。米蘭·昆德拉（Milan Kundera）在《生命中不能承受之輕》書中的那句話——「只發生過一次的事等於沒發生過」，自青春時期便成了我的座右銘。我見識了滿實多元卻也滄桑歷盡的人生百態，微小如我，不樂見所有往事如煙。歷史一眨眼，我雖恍惚，但仍努力清醒，記錄、分析、審視我親身經歷過的時代流轉。這是我生涯軌跡的殊途同歸。

我向來喜歡聽故事、也喜歡寫故事，透過書寫來表達我的社會意識與生命關注，向讀者獻上我的故事書。人類學活在我的眼睛與血管裡。衷心祝願涼山的未來也如此書的出版歷程一樣：儀式完成，雲散天開。

冷眼熱心的人類學：從涼山回看東埔寨

（二〇一七年十二月十六日，上海季風書園讀者會現場實錄）

今天真的非常謝謝大家來跟我一起見面聊天，其實我更想知道的是，大家對於我的書有什麼指教跟批評。作者在寫東西的時候，一定都是處在很寂寞、孤單的狀態，其實不知道別人會有什麼反應，書出來之後可能有一些反應，我才會知道到底大家怎麼看待我所做的一些工作。所以非常感謝大家對於之前《我的涼山兄弟》這本書有一些不錯的回應，當然批評也很多，其實我都受教。後來大家可能出於對我的照顧，把我十多年前的《東埔寨旅人》也翻出來了。其實這兩本書，做為兩本單獨的書來看，雖然作者都是劉紹華，大家不見得知道這中間有什麼關係，但對我來講這其實是我生命中蠻有關聯的兩個研究。我就跟大家講一講這到底是怎麼回事。

我第一次去東埔寨是一九九七年，然後我一九九八年去那邊正式工作，我工作的性質就是所謂的國際發展援助，我在那邊待了將近兩年的時間。在之前我其實是當記者的，那在當記者之前我是一個碩士研究生。因為我在碩士念的是人類學，在臺灣的研究生開始做調研再加上寫論文至少要一年的時間。所以，寫完碩士論文的時候，我覺得一個東西要放在心裡，要放一年，好累。畢業之後，我就想當記者，我先做的記者是月刊型的記者，事情放在心裡一個月。我覺得從一年到一個月，好輕鬆，我只要放一個月，就可以把它放下了。結果呢，做了沒多久，後來另一家日報型的報社挖我去。我覺得挺好的，放一天，新聞當天就處理完。所以，我那時候覺得，我的人生就從處理放在心裡一年的事情，到放在心裡一個月的事情，到放在心裡一天，因為交完稿我就必須轉向到新的新聞去了。我那時候覺得好棒，好輕鬆，我不用把事情承擔在我的肩上這麼久。

可是，那樣做了兩年之後，我開始覺得有點沒意思。而且，記者的角色永遠都是局外人。因為，如果不是一個局外人，記者基本上沒有辦法盡可能客觀地從不同的面向去報導事情，所以那時候我覺得這種感覺有點不太好，永遠是局外人。而且，有些事情我覺得肯定要超過一天以上的時間去理解，但是沒有辦法，因為日報永遠都要被第二天的新聞追著跑。後來別人找我去柬埔寨工作，我一去就發現說，這是我想要嘗試的，因為我想要從「一天的工作」到能夠去做實事，去替換我的生活型態。那我就去柬埔寨做了實際的發展工作。

人生是有生命的迴圈，也就是在柬埔寨，而且就是柬埔寨的吳哥窟，是在吳哥窟的圖書館的遺址那個地方，我突然不知道發了什麼瘋，看到一個朋友走在前面，然後我覺得我這輩子不要像他一樣，就決定我要繼續去念博士班。當時決定要念博士班的時候，因為柬埔寨愛滋病的情形，我想做愛滋病的研究。你們知道以前中南半島難民的情況嗎？大概一九九一年的時候，中南半島的難民陸續返鄉，所以柬埔寨大概在一九九三年之前的愛滋病統計資料基本上是個位數。可是後來呢，因為聯合國維和部隊進來，然後全世界各種商人也都進來，所有外面的力量都進來的時候，就出現很多性交易的問題，所以愛滋病例就突然爆升。我去的時候，柬埔寨的愛滋感染比例已經是亞洲之最。感染人數也許比不上其他國家，但是它的比例已經是最高了。我在那邊看到這些問題的時候，覺得這些現象已經不是當時我的知識能夠解決的問題，我就覺得想要瞭解到底發生了什麼事，因此要繼續念博士班，而且決定做愛滋病的研究。

我當時給自己的時間是十年，我要用未來的十年去理解愛滋病這個問題。之後我就發現，我給自己找了一個很大的麻煩。所以，從一年到一個月到一天的理解，到十年，結果其實十年過去了，我還是沒有辦法擺脫《我的涼山兄弟》這本書。我先寫完我的博士論文的時候，我以為沒事了，可以放下了，後來發現沒有。然後，我開始寫英文版，我先寫英文版是因為不方便寫中文版，因為裡面有太多的人事問題，為了讓這些人不被太明顯地受到直接影響，所以我在等待。然後，中文版出書的時候，我也以為我終於可以跟它再見了，結果到今天，我都沒有辦法跟它再見。所以有人跟我說：它就是妳的小孩，妳一輩子都不可能擺脫妳的小孩。我做了一個選擇，就是做了一個永遠都不能結束的選擇，但是後來我也歡喜承擔。

所以，其實東埔寨對我來講，是我生命中一個很重要的轉捩點。當三輝圖書想出這本書的時候，我覺得這書已經是十幾年前的書了，拿十幾年前的書再出版有點不好意思。但是，對我個人而言，它是有意義的，所以我就答應了要出這本書，然後我也很意外大家還願意看這本老書。這本書裡面寫的東西其實不是學術性的研究，但它是一個受過基本人類學訓練的年輕人所寫的一個回憶錄，是當時我的心情。最近這本書又重出了以後，我又再看，我現在已經是一個中年人了，看到年輕時候寫的東西，我的反應就是：這個年輕人的腦袋有問題，她想很多。我看著自己這樣一路走過來，發現其實這兩本書記載了我非常重要的青春時期的思考。貫穿我這個青春時期的思考很重要的一種眼光，那就是人類學。

我不知道在座有多少朋友知道人類學到底是一個什麼樣子的學科，因為在臺灣或者在國際上，通常人家一聽到人類學第一個反應就是：你是挖骨頭的，就以為是考古學。或者聰慧一點的、知識面廣博一點的，他就以為你是研究黑猩猩的。我就說我們是研究黑猩猩的同類，另外一種叫作人類的猿類。人類學其實對我的影響很大，我用一個很簡單的方式來講，我所理解的人類學或者人類學對我有最根本影響的幾個概念。

我覺得第一個非常重要的，就是透過他者來認識自己。比如說在中國大陸這邊，高校裡面有人類學系，但是本科裡最早有人類學系的只有兩個大學，就是中山大學跟廈門大學。其他高校都是把人類學放在社會學之下，然後可能有人類學專業或者民族學。中國是一個比較特殊的情況。一般來講，在國際上我們講民族學的時候其實有兩個概念，一個概念是中國概念，一個是國際概念。如果講國際概念的話，民族學其實相當於我們所說的文化人類學；但是在中國，民族學指的並不是那個，中國的民族學比較像是以前的邊疆學，就是針對少數民族的政策性研究。在中國，人類學是放在社會學之下，那人類學跟社會學我會說是親屬關係。可是到底有什麼不一樣呢？其實很像，甚至我自己也常常被當成是社會學者，我也在社會學系教書。如果我們硬要追根溯源，講哪裡不一樣的話，有這麼一點的差異。一般而言，尤其在根本的訓練上，我們會說社會學做自己社會的研究，人類學傾向於做自己社會之外的社會的研究。所以我們會看到，比如說以美國的社會學者來講，他們就做美國研究，那美國的人類學者就全世界到處跑做研究。所以這就形成了一種現象，在美國，人類學是比社會學有影響力的。因為美國在世界的老大地位，它對世界的認識很重要，人類學者就比只做國內研究的社會學者有發言權。可是在我們這樣所謂的第三世界來講，通常就有一點相反，社會學比人類學強勢，在中國大概也是這樣子。人類學一般而言，因為它不是做自己的社會，也就是不是做主流社會的研究，就相對沒有這麼的強勢。

那為什麼在我來講，人類學會比社會學對我的影響還要大？你們曾經有一位很有名的人類學者費孝通先生，他把人類學稱作是比較社會學，也就是說其實基本上都是在瞭解這個社會的性質，它是具有跨文化研究的意義。所謂的比較社會學的概念，在其他的世界我們其實是稱人類學。那它為什麼會對我影響這麼大？就像我剛才說的，我們傾向於去做不是自己的研究。不是做自己的研究的時候，我就必須去理解他人。理解他人好像是一件很容易的事情，可是其實很不容易，它不容易之處在於，我們每一個人走出我們自己習慣的世界的時候，第一個反應一定是用自己習慣的眼光、飲食習慣、語言，甚至習慣的穿著等價值判斷去思考跟我不一樣的人。而人類學的訓練就剛好是在你還沒有去到他者的世界之前，你就先具備了一種工具，那一種工具讓我們在進入他者世界的時候，不至於一開始就用原來習以為常的方式去理解別人。

這種工具很重要，它為什麼重要？假如今天有一個西方人來我們這，他一進來第一個反應就嫌你東嫌你西，你肯定覺得他很煩。那他就是用自己原來的主觀價值來做判斷，人類學基本上是絕對不會這樣做。那我們是怎麼想呢？理想中，基本上我們認識其他文化的方式，是先放下我自己的價值判斷，然後嘗試去理解別人，去理解他為什麼這樣子說、為什麼這樣子做。但是，這不表示我們永遠都不會有判斷。理解別人之後，最後你總會需要判斷，但是那個判斷不會在你理解的過程當中就表現很強大的力量。如果在我理解別人的過程當中，我的價值判斷就表現出很強大的力量，我這個理解肯定不可能完成。

以我自己的經驗來講，比如說我寫的《我的涼山兄弟》，他們不是主流社會中的族群，很多都是吸毒的，也有很多是感染者。一般主流社會都會覺得這些人就是混出來的，就是不好的，主流社會的概念就是這樣子。我如果不是用人類學的方式，或者是人類學的訓練對我有一些根本性影響的話，那我有可能一開始接觸這些人的時候，也就直接這樣判斷了。但是，我沒有這樣判斷，我嘗試放下我自己所處的社會價值去理解他們，所以才可能嘗試從他們的角度去看到一些我覺得從主流社會的價值看不到的一些判斷。

那什麼時候可以開始有我自己的判斷呢？這個其實沒有標準答案。但是對我來講，當我開始有自己判斷的時候，就是我在寫的時候。所以，其實有些朋友或者學生都會問我說，妳說妳要放下妳的判斷，但妳寫的時候大家很明顯地看到妳好像是比較同情那些研究對象，他們覺得這不就是已經有選邊站的立場了嗎？妳不是說要放下妳的判斷嗎？我說：「對！」我在寫的時候就選了我的立場，但是我在做研究的時候，盡可能放下我的判斷，否則我如果從一開始做研究的時候，就很清楚地讓大家知道我就是充滿正義、我要伸張正義，那可能所有其他不同意這樣子判斷的人都不會理我，都不會跟我談話，我也就沒有辦法去理解比如說政府官員的立場或者是未成年人的立場。

所以，我說人類學做為一種觀點或者是做為一種方法，它是非常能夠協助我們去理解和我們不一樣的人。但是，這不表示我們沒有辦法在最後對自己所看到的這個世界做出判斷。基本上，它是一個很重要的觀看這個世界的方法。

人類學另外一個對我影響很重要的面向，其實可能跟我自己曾經當過記者也有關，我覺得兩者的角色其實有一點像。不知道現場有多少朋友有過類似這種經驗，比如說你會不會有你在觀看一些事情的時候，好像同時又可以看到你自己在觀看這件事情？在人類學裡面我們會有一種角色。通常人類學的訓練是這樣，你花力氣去跟別人交心，讓你有機會認識別人，別人也可以認識你，所以我們的研究方法其實很笨，但是它也最有效。我們花很長的時間跟別人相處，然後跟別人相處的時候，我們嘗試著去變成好像他們的一分子，可是我心知肚明我其實不是他們的一分子。我們就有點像是，從一個外來者經過一個認識上的邊界，然後跨越這個邊界以後，變成當地人的一部分。可是不管是我們自己也好，或者是當地人，其實都很清楚地知道，我們還是「來自那邊的人」，但是他們又跟你夠熟，你也跟他們夠熟到他們願意把你當成是「這一邊的人」，就是這樣子一種雙重的曖昧角色，讓我們的觀察跟分析的工作成為可能。如果我們完完全全在概念上、身心上、認同上、情感上都變成他們，其實我們就會看不見很多事情。同樣的，我如果完完全全留在自己這個世界，就像我剛才說的，我們也不可能真的理解研究這一群人。所以，這種狀態叫作「永遠處在邊界上」。

那這種狀態其實、尤其對年輕人來講，它不是一個舒服的狀態，因為年輕人都比較黑白分明、很有正義感。但是，如果我們只要黑白分明的話，其實我們可能兩個都看不見了。我們必須處在模糊地帶，堅守一個模糊地帶，在裡面去尋找這個世界、這兩個不同世界的脈絡，所以這種狀態就會變得是必須來來回回。這就是為什麼剛才我一開始就說，我透過研究他者，研究跟我不一樣世界的人，進而也可以瞭解我自己。這是念人類學一個非常大的收穫。其實我相信很多的記者，也有這樣子的能耐，因為他不能完全變成受訪者，可是他又必須要理解受訪者的處境，他才能問到很多深入的東西。這樣一個角色其實是一個很特殊的情況。

所以，總結這兩點來講，我們常常會說有一個基本的人類學特質，就是「把熟悉的變陌生，把陌生的變熟悉」。這怎麼講呢？如果具備了我剛才講的那些人類學基本核心的概念、觀點跟方法的話，在很熟悉的事情裡面你都可以看得出問題所在；那我們也不會覺得這個很陌生的事情很稀奇，因為你會看到所有人類行為跟文化的一些普遍性現象。這樣聽起來人類學好像很玄，它有些地方真的好像有點玄，因為它可意會卻很難言傳，但是它是一個實作性的學科，比較像手工業，就是你會有手感，會有身體感，會有各式各樣的感受。那這種感受就是你必須多操作、多練習，慢慢你就可能熟悉這樣一種做法。

所以，我把人類學對我的影響，稱之為「冷眼熱心的人類學」。因為如果我的眼睛太熱，我就變成當地人了。但是，我如果沒有熱心，我也不會想要去理解當地人。所以「冷眼熱心」對我來講，是做人類學研究兩個很基本的特質。今天早上有一個媒體記者訪問我的時候，她誤會了那個意思，她以為「冷眼熱心」是我永遠都不想要跟那些人在一起。我說不是，其實那個「冷眼」的意思是你要一直保持你的反省批判，所以就要保持一個距離，但是你又可以用你的「熱心」去拉近那個距離。這是一個不斷來回的過程。

那大致上來講，人類學對我的影響就體現在我寫的這兩本書裡面。一本是回憶錄性質的，就是《柬埔寨旅人》；另外一本是比較學術性質的《我的涼山兄弟》，但是我嘗試說一個故事。我想大家都喜歡看故事，我也喜歡看故事、也很喜歡講故事。我覺得只寫一個學術分析的東西，這個世界好像沒有那本書也不會有任何影響，所以想就算拿掉所有學術的語言，那個故事本身還是存在的話，可能對於接納我去研究他們的涼山兄弟而言，會有一點意思。

今天書店邀請我，大部分原因是《柬埔寨旅人》這本書，但可能很多朋友都沒有看過這本書。那我就講一下《我的涼山兄弟》出版後，我的那些兄弟他們怎麼看。

這本書的中文版裡面我加了很多照片。中文版先是在臺灣出，早在中國大陸之前兩年在臺灣出版。臺灣出來之後我就帶去四川給我的兄弟看，因為他們不識字，所以他們就翻看照片，然後就開始說這個誰死了、那個誰死了，反正都死光了。有人看我放的那些照片，他就大概可以想像我在寫什麼故事，然後就跟我說：「我們都不記得這些事情了，但是你幫我們把這些事情記下來，以後就可以給我們的娃娃看，這個好有意義。」

你可以想像，我跟他們相處了那麼久，他們到現在還是一群在工地上打工的工人，不識字，然後他跟我說「好有意義」這句話，對我來講那是一個很大的衝擊，那個衝擊是正面的，是一個很大的鼓勵。我記錄下他們的書，他對我說這是一件很有意思的事，這本身對我來講是非常大的肯定，所以這件事情讓我還蠻感動的。原來我出了這個書，不只是在滿足自己的學術研究的好奇，也不是出了這個書我就可以升等，然後大家可能會看。我那些兄弟就一直走，一直走，現在也沒剩幾個。終於能夠留下一些東西，對我來講算是我當年也沒有預期的一個正面回饋，所以我其實挺高興的。

好像我也沒有講什麼特別了不起的重點的話，不知道大家有沒有想要跟我分享或者是願意問我的話，因為我想我繼續講下去好像也不好。

讀　者：劉老師您好，剛剛您說到您書裡面寫的那些兄弟陸續地走了，您自己出了這些書，然後比較有影響力，自己可以升職。因為我也是做農民工研究的，我身邊的一些朋友還有我，我們都會有一些無力感，好像我們通過記錄他們，得到了博士學位，然後出版論文，但是還是沒有辦法改變現狀。會有一種內疚感，而且還有一種利用他們的感覺，不知道您有沒有這樣的感覺，並且是如何調適自己的心情？謝謝。

劉紹華：這是一個非常好、也很重要的問題，我就講講自己的心路歷程吧。其實我這本書是先用英文在美國的史丹佛大學出版社出版，那本英文書寫完之後，我學術上該交差的、該拿成績的，就已經定了。但是，我還是花了很多時間，我也不願意讓人家去翻譯，因為裡面有大量的口語，是我那些兄弟講的話，我想沒有任何一個譯者能夠還原他們講的那種口語，只有我自己知道，所以那時候沒有辦法讓別人翻譯。如果讓別人翻譯，今天大家看到的書肯定不是這個樣子。所以，我覺得要重寫，必須全部重寫，也只有我能做這件事情。但是，我把它重寫成中文，在學術上，以臺灣的學術標準來講，我是沒有一點成績的。

所以，我沒有把它當成是我的學術工作，我把它當成是我的一個社會責任。對我來講，那是一件該做的事情，我必須讓它用中文出來。但是要中文出來，其實在你們這邊花了很長的時間都出不來，所以在臺灣先出。在臺灣出來的那一年還是第二年，有一天我收到一個成都的年輕讀者的信，在春節前兩天，那封信讓我非常非常地感動。她跟我說，她看了這本書，覺得她很想要讓別人也能夠看到這本書，但是她認為這書一定沒有辦法在這裡出版，所以她做了一個決定，每天上班的途中用手機打字，她打了一個月。打了一個月之後，完整的一個電子稿，然後把那個電子稿分享給其他人，然後她也把電子稿寄給我。我的反應是：妳怎麼不直接跟我要電子稿就好了。

我要說的是，那是我想方設法去讓它能夠發揮一些影響力的方式。但是，我的工作畢竟是一個學者，然後也是一個老師。我不是做第一線NGO工作的人，也不是一個政策的執行者，所以我要促成直接的改變，對我來講這不是我的角色辦得到的事情。你也可以說，我就是一個學者，我可以用社會分工的理論來欺騙我自己，告訴我說我們每個人在社會上都是有不同的角色的。所以，我那時候嘗試做的事情，就是在中文版的書寫上比英文版要盡可能更貼近一般的大眾，然後我希望就是，雖然我自己沒有辦法改變這件事情，但如果這件事情多被一些人關注的話，或者是一些NGO甚至個人就此放下對彝族的偏見，那就讓我覺得也許會有一些間接性的影響。所以，那就是我持續去做這件事情的想法。

那本中文書出來之前，我就已經開始一直在演講，在講這件事情。如果在我的時間空間許可的情況之下，邀請我去演講，我都會去演講，所以光是講這個研究，我大概就已經講了一百五十場以上。那是我盡可能用自己的方式去發揮可能的間接影響的方法。但是，它會不會有一個實質的交流？我想一個社會實踐的改變應該也不可能靠一個人完成，我就是盡可能在我的分內，我能夠做的我就做了。然後也感謝各位，現場如果各位有買過我的書的話，也非常感謝你們，因為你們買了書，我拿到的版稅基本上它都是一個基金，這個基金其實我都是捐助給這邊的NGO，或者是不見得有立案的NGO，但是有朋友在做這種教育工作的時候，我都是捐給他們，讓他們去做贊助學生讀書的事情。因為我沒有辦法靠我的兄弟他們的苦來賺錢，但是這本書如果有機會累積到一些基金的話，我就是讓它去做一些這個基金能夠做的事情。如果你們要買書的話，謝謝你們。

***

讀　者：劉老師，我也多次去柬埔寨，我是從一九七八年、一九七九年開始來關心柬埔寨的問題。當時在澳洲留學，所以看到赤柬對當地居民進行的一些戕害。後來多次去柬埔寨，去看他們，然後也帶一些旅遊團去看吳哥窟，那麼在這裡面我看到了很多的事情。那麼關於涼山，我們國內也有很多人關心涼山地區的事情。那我想問的問題是，今天的題目後面是「從涼山回看柬埔寨」，那我很想聽妳分享一下從涼山再回看柬埔寨的時候有什麼新的發現和新的思考，謝謝。

劉紹華：謝謝，其實我沒有新的發現跟新的思考，因為我沒有再回去柬埔寨，一開始跟大家聊的時候我就是跟大家回顧柬埔寨對我的意義。有一個東西我可以再補充一下，就是我很清楚地知道，如果我沒有在柬埔寨有過那兩年的經驗，我不可能完成《我的涼山兄弟》這本書的研究。像我自己現在當老師了，我們都要帶研究生，那研究生常常死活都想不出該做什麼研究題目的時候，老師就得幫忙。通常大部分老師都會帶他們去自己的田野點，我則是絕對不會帶我的學生去做涼山的這些研究。為什麼呢？因為我心知肚明這個研究太難了，風險太高。我所謂的風險包含各式各樣的風險，也包含對這個世界還不是那麼熟悉的年輕人的心理衝擊。

其實我心裡也常在想，當年我去研究的時候，看到非常非常多令人悲傷的事情，我還是願意繼續去面對它，願意每天在研究上跟它相處，跟它相處完之後我還願意把它寫出來，寫出來的時候我還盡可能地不是用控訴這個世界的筆調去寫出來，我覺得那個所有的過程都是心路歷程。如果我不是在柬埔寨已經經歷完這些，有過一次的洗禮，我想我應該走不完涼山的研究與書寫。因為那個真的很難，我自己都覺得非常的難，所以我很難帶一個尚未經歷很多世事的年輕學生去那邊做這些研究。

那他們如果自己要去的話，通常我也會有很多的提醒。但是，當年我的老師們，因為他們不知道那邊怎麼回事，所以也沒有人想到要提醒我，就任由我自生自滅，還好我活過來了。我在這個柬埔寨的書裡面，曾經寫過一個故事，那個故事就放在其中一個章節，叫作〈慟的文化差異〉。在柬埔寨，它表面上的痛苦可能比我們現在在中國看到的，尤其在偏遠地方看到的，表面上看得到的痛苦更多。比如說每天都會看到乞丐，在農村我會看到非常多斷腿、被地雷炸傷的年輕人，有大量的從農村流浪到金邊去討生活的乞丐。這些人充斥在我生活的周遭。我剛從臺灣過去的時候，覺得很不忍心面對這些，所以我就是隨時隨地在捐錢。可是我發現我每天都在捐錢，這件事情是很不可行的。那我就去看別人怎麼樣處理這些事情，我就發現其實大家都已經不捐錢了。後來，我就發展出我的自我邏輯，就是我不捐錢，我給食物。但是，給食物也不是說你來跟我討，我還回家幫你煮一頓送給你。我們常常會買外賣，或者剛好手上有食物，我就把食物給你。那是我去了沒多久之後發展出來的一套邏輯。然後我告訴我自己，這個國家太糟糕了，我沒有辦法一個人救這個國家，我用這樣子的方式來安慰我自己，不要去理會這些窮人的痛苦。

一直到有一天，我去一個餃子館，就是一個東北餃子館去吃飯，因為我很喜歡吃那裡的食物，所以我通常會點很多，然後打包回去吃。那個玻璃門外面一定會有很多的乞丐，臉貼著那個玻璃往裡面看，期待有人可以拿東西出來給他們吃，通常一般的商家都會出去趕人。然後，那天我就是拎著我打包的食物，走出去，一個老婦人跟一個年輕的女子，她們兩個一看就是剛從鄉下來的，就過來跟我乞討。我的那個自我邏輯就「發作」了，我把食物給她們，然後就爬上我的卡車。我開動的時候準備要轉彎，看見那兩個人就在我剛才給她們食物的那個位置，蹲在那邊吃我剛才吃剩下來的食物，我旁邊的工作夥伴又講了一句話，她說她們一定很久沒有吃這麼好吃的食物了。我看到那個景象，然後聽到我的夥伴講那句話，我當場就爆發了。我其實不是一個愛哭的人，我平常都不太會哭，但是我當場就哭出來了，然後就沒有辦法開車了，流眼淚怎麼開車？眼睛看不見，跟下雨一樣。

之後，我慢慢地發現說，我原先那種邏輯是自欺欺人。我們絕對不可能一個人改變這個世界，但是，如果我們對於別人的苦，連一個基本的人性的互動都不願意給予的話，我覺得這個世界完全不可能改變。我不可能跳過一個個體的行為，然後直接期待會有一個集體性的行為發生。

後來，也有很多的機會讓我變回我原來那個樣子，我就比較有勇氣再繼續去看別人的苦，甚至去跟別人的苦有所互動。所以，後來我其實發現一件事情：觀看他人之苦是一件很難的事情。但我覺得，只是觀看他人之苦更難，如果你跟他人之苦能有屬於你自己的互動的話，可能比只是觀看他人之苦都稍微容易一些。

如果要講我現在怎麼回看柬埔寨，我會覺得說在柬埔寨的那一段經歷對我非常重要，如果不是那一段經歷，我想我後來不會有勇氣去完成我在涼山的研究。因為，涼山不管是從生活條件上或者所面臨的一些結構性的問題，甚至一些很大的困難跟挑戰，其實都遠高於我在柬埔寨的工作。如果沒有之前的那個鍛煉，後面那個步驟應該無法完成。所以其實柬埔寨對我有很重要的意義，謝謝。

***

讀　者：劉老師您好，我看您這兩本書感慨很多，然後其中有兩個情節讓我想到我身邊的故事，我想這樣可能可以激發您講述更多細節。第一個故事就是在我很小的時候，我發現我的叔叔跟別人不一樣，他吸海洛因。然後，第一次我知道他吸毒的時候是在五歲，因為在我們家的沙發底下看到很多的針管，然後我就問我奶奶這是什麼，然後我奶奶就馬上去找叔叔吵架。因為我從小到大一直跟爺爺奶奶和爸媽一起住，爺爺奶奶出於對我叔叔的關心，所以要我叔叔在家裡戒毒，所以我會經常看見叔叔大喊大叫。在我很小的時候，我叔叔也帶我去見過他幾個吸毒的朋友，但是沒有看到他們吸毒，我當時也無法理解他們的行為舉止和想法。其實我叔叔對我有很大的影響，就比如說我快中考（相當於臺灣的高中學測）的時候，我爸爸媽媽就告訴我，你這幾天要和你同學結伴走，因為你叔叔可能要把你綁架，綁架要錢。但是這個事情沒有發生。我有很多事情都受我叔叔影響，因為我從初中到高中讀書的時候，我叔叔在另外一個房間戒毒。但是我看到劉老師這本書，看了《我的涼山兄弟》，然後我看到那些諾蘇的孩子，他們為什麼要吸毒，是所謂的「都市冒險」和男子漢氣概，我突然理解我叔叔了，他是一個應該被理解的人，雖然之前我也理解他。

然後我看《柬埔寨旅人》的時候，看到您在大陸有一個大哥，但是和爸爸一直沒有相見。其實我們家也有過類似的事情，就是我爺爺在計劃經濟的年代，因為北方太貧窮了，他就通過很多方法逃到南方。所以他和前一個妻子離婚了，他在北方有個兒子，他們見過面，後來他兒子又生了一個小孩，所以我爺爺有一個長孫。所以其實我並不是我爺爺唯一的孫子，我爺爺和他〔另一個〕孫子從來沒有見過面。雖然我也沒見過我爺爺的〔另一個〕孫子，但我覺得我們在某種程度有聯繫，我很想見他。所以我要換一種問法，希望不會顯得那麼不禮貌，我想問在您書出來的幾年裡，有沒有讀者和您分享過其他類似的故事和經歷，謝謝。

劉紹華：謝謝，我非常喜歡聽故事，所以大家跟我分享故事其實我很喜歡聽，你這兩個故事讓我還蠻感動的。我講一下吸毒的這件事情。其實「毒」這個東西它是一種法律界定，如果我們不用毒的概念來講，它其實就是一種物質，一種你去消費它會讓你有感覺的一種物質。就像我們吃糖，你買iPhone，你吃辣椒，這些東西都是會上癮的。可是大家去買這些東西、去使用這些東西的動機，都是想要去享受那個東西給你帶來的特質，而並不是為了「我想要變成一個上癮的人」。我們先不管法律跟道德的標籤，我去享用任何東西的目的都是我想要它的特質，它的特質一定是給我帶來一些滿足感，我才會去用它。那上癮這件事都是事後的事，都是結果，不是因。

可是，我們常常在看待所謂的吸毒的人，我們會忘了這件事情，它只是一個結果，它不是一個原因。那所有的人去使用毒品的，不管是海洛因還是其他的毒品，都是因為他想要它帶給他的好處。海洛因也是一樣，因為它是鴉片類毒品，是屬於鎮定劑、止痛劑之類，所以剛開始很多人去用它的時候，都是充分享受這個東西對痛苦的緩解。但是，因為海洛因是所有毒品——非法的跟合法的——中最容易上癮的；其實是有合法毒品的，香菸就是。現場一定有癮君子，大家都知道要戒菸很難，可是在所有的成癮物質當中，香菸只不過是屬於中間級。成癮的能力可以跟海洛因比的只有古柯鹼，只有古柯鹼用注射的才可以跟海洛因的成癮效力比。若不小心因為曾經喜歡這個物質帶來的效應，而造成這個成癮的結果，那是一件多可怕的事情。它其實需要非常非常強大的力量跟協助，才可能戒癮。

你們有沒有看過劉德華演的那個電影《門徒》？那部電影拍得非常好，對於成癮者有很密切的觀察。比如說以你的叔叔來講，我不認識你的叔叔，但聽起來你對他其實是有一些美好的回憶，那跟我對我的涼山兄弟的印象其實很像。我完全沒有辦法說他們就是天生的壞胚子，沒有辦法。因為其實他會讓你覺得，他不過就是掉到一個陷阱裡面。但是，我們的法律跟社會道德對那個陷阱有一個標籤。不過除了那個標籤之外，在一般的待人接物上——當然族群衝突是一回事——然後加上他很努力地想要去戒癮這件事情上，你會覺得他們其實可能跟我們一樣，就是有弱點的一群人，但是不是絕對的壞人。對於這些人其實我們因為太不瞭解，而且因為他們毒癮發作的時候已經是無法控制，他沒有辦法控制——你想想看今天有咖啡癮的人，你一天不喝咖啡就無法工作了，你可以想像你如果是一個吸食海洛因的人你會怎麼樣，那是一種很可怕的狀態——所以這種情況常常會在旁邊的人看來，就不會認為那是一個身體反應，而是會把它當成是整個的人已經被妖魔化。可是，這其實不是件絕對的事情，他是完全被癮控制的人，但是他本身並不是想要變成一個惡魔，但是主流社會因為不瞭解，我們就把他們等同於惡魔。這些人其實是需要把他們當成是生病的人來治療，而不是把他們當成惡魔來排斥。因為把他們當成惡魔來排斥不會帶來任何的解決，因為他們也無法獲得協助去脫離這個很痛苦的狀態。

然後，我們社會也不會因此而不再有這樣子的人，因為永遠都會有人掉到陷阱裡面去。就像是菸草在這裡應該是製造了非常多的國家稅收，對不對？所以人性一定會有弱點，會想要去追求幸福，追求舒適的感覺。但是通常他要去追求那種幸福跟舒適的感覺，那他跌的跤可能就會比只是去抽菸的人重，但是去抽菸的人跌的跤可能會比只是去喝咖啡的人重，那去喝咖啡的人跌的跤可能會比去吃糖的人重。如果我們去掉那個價值判斷的話，其實它們都是成癮物質，那就跟買 iPhone 一樣，每年都要新出一個版本，然後拚命去買，其實是一樣的道理。

第二個你跟我分享的爺爺的事情，其實我要非常謝謝三輝圖書，願意讓我把我寫我父親跟大哥的故事「偷渡」進這本書。因為那一則小故事其實已經寫得非常非常久了，可是從來就找不到一個合適的場合能夠發表。這次三輝圖書願意出版，我其實是拜託他們把它放進去的，那個故事跟柬埔寨的關係並不大，但是它是我在柬埔寨時寫下來的日記。可能有一些朋友還沒有看過，主要寫我父親在一九四九年之前，在中國生下一個孩子。我父親家族就是「秋收起義」的最大地主，所以在四川省的時候，有一個學者他知道了就跟我說：「我爺爺就是打你爺爺的。」所以，這算是紀念我的父親和我的大哥，因為他們已經離我而去了，謝謝三輝圖書，願意讓我把這一篇放進去。我大哥後來在中國也有家庭，我有一個侄女在北京，這本書出來她很高興跟我說，她終於可以跟別人說我是她的親姑姑，但「我為什麼姓楊而不是姓劉了」。

***

讀　者：劉老師您好，我就是涼山人，所以在兩千萬人的上海遇見您，就像遇見老鄉一樣。我的分享從回應剛才第二位同學的問題開始。其實這本書一出來的時候，我就問了侯遠高和景軍兩位老師。當時我去問侯遠高老師，他就說這本書寫得好，但是她對涼山做了什麼？我當時帶著這個問題又問了景軍老師，他說做為我們人類學家，我們只需要把他們寫出來，讓大家去瞭解，我們任務就做到了，但是更多的問題需要政策研究者去做。侯遠高的問題也有他可以理解的地方，他就是涼山本地人，做為本地學者肯定更看到直接的後果。

劉老師還回過涼山沒有？因為現在涼山確實已經發生了天翻地覆的改變，這本書引起了很大的關注，政策制定者他們也知道這個事情，他們想去解決。現在很出名的叫作「精準扶貧」，其實我們當地人就覺得那就是一個笑話，所以不知道劉老師有回去接觸這方面的事情嗎？怎麼評價？另外，這裡面提到了像戒毒的問題，書裡面提到了家庭戒毒，這其實寓意著一個國家權威的轉移，國家權威想把這個給收回來。像我們這個地方就有「連坐法」，一戶吸毒，十戶連坐。希望劉老師能夠再去看一下涼山，不知道現在又是怎樣的感受？

劉紹華：謝謝。涼山我常常回去，我都去看我的朋友，我沒有再把涼山當成做研究的地方。是這樣的，我是一個學者，所謂學者的意思不只是說我能做什麼事，還有我想做什麼事。我當時去涼山的時候，對我來講好像看到一個新大陸，在知識上對我來講，就像當年我在柬埔寨，我想搞清楚這個到底是怎麼回事？我在去涼山之前根本沒有聽過彝族，我對彝族跟涼山的認識是零。所以去了之後，我覺得有很大的衝擊。就像我在書裡面寫的，我用一個很快速的時間瞭解這個族群歷史的時候就發現，這個族群在一九五〇年代之前是一個非常強勢的族群，而且是抓漢人當奴隸的。一個這麼強勢存在、自成一格的族群，怎麼會在不到五十年的時間就面臨這麼大的困境？對我來講這個背後有故事的，我想瞭解那個故事背後到底發生了什麼事情。那個動力就讓我可以在那邊做了這麼長期的研究。

但是，後來我就很熟悉涼山了。如今它會再發生什麼樣的事情，或者說它原來的事情就像你說的不會往好的方向去發展，這些我都瞭然於心了，在智識上都沒有再引起我這麼大的困惑。雖然我會覺得很難過，但在理解上我大概已瞭解它是什麼樣子了。我會繼續保持我的關注，但要再讓我把它當成新大陸，讓我再去做研究，那種好奇心的強度已經不夠了。不過，我在社會關注上的強度還是一樣的，因為我那些兄弟還在，我還會繼續關心他們，他們的孩子還在，我就會繼續關心他們的孩子。

我有時候想說，因為我畢竟不是本地的學者，我們對本地政府的政策不會有任何的建言可能性。如果本地的學者能夠更發揮他們在政策建言的可能性，肯定會比我們外來學者更有力量。只能期待這些事情能夠發生。

***

讀者：我想表達一些不一樣的觀點，妳剛才講的裡頭有一些吸毒品的人，妳對他們是充滿同情的，我很贊成妳的同情。我覺得另外一方面是要嚴厲打擊，因為我自己有一些親戚吸毒，他們會喪失人性，就像癌細胞一樣的，光同情是沒有用的，還是要嚴厲打擊的。

劉紹華：我不會反對你說的話，我們講的可能是不同的面向跟不同層次。你講的可能是比較屬於政策方面的層次，我講的是針對個體，在我面前受苦的個體的層次。我們面對那個受苦的個體，其實你光是打擊他，對他、對我、對這個世界，都不會有任何效果。可是在政策層面、社會層面，甚至公共政治的層面，你說你希望這樣子的事情消失，那就屬於體制的問題，我絕對同意在體制上要處理。至於用什麼樣的方式來處理，需要很多討論。我們講的是不同的層面，謝謝。

***

讀　者：我想請教兩個問題，剛才提到人類學和社會學的區別，您簡單說人類學是研究其他人的社會，社會學是研究自己的社會，這一點在其他學科不是一個很大的差別。我第一個問題是想問，什麼使得人類學在這一點上和其他學科有差別？能不能再詳談一下？

第二個問題您剛才提到，人類學把熟悉的東西變陌生了，我們自己社會當中能夠看到本質上的人類學的規律；人類學還可以使人把陌生的東西看熟悉，我們去到一個陌生的社會，可以看到跟我們自己社會相關的、相通的規律性的東西，關於人類學的規律性能不能請您舉幾個例子，謝謝。

劉紹華：好，好像在上課。剛才我說的人類學和社會學的區別，那是最早的區別，現在不會這樣的區別了，現在人類學者也會做自己〔社會〕的研究，社會學者也會做其他社會的研究，我只是區分這兩個學科明明很像，為什麼會變成兩個不同的學科。尤其在八〇年代後，不管是人類學、社會學、文學甚至政治學、地理學，你分不清楚到底是哪個學者做的了，大家做的東西其實都很像。可能有一些地理學者——文化地理學者跟人類學者對於我來講是同一種人，他們只是對空間很敏感。在這邊我不知道，但是在臺灣，讀社會學的學生可能比人類學的學生讀我的東西還多呢。你說一定要有什麼差別？我在想說，可能社會學的人更傾向於去解讀結構性的權力不平等，人類學者更傾向於對不同的傳統文化有更多的描述。會有一些這種傾向，但是大家不管在問題意識或者研究方法上是很像的。我覺得要去做絕對的區分，一來不明顯，二來也沒有必要，因為現在學科互相學習的可能性太高了。

第二個問題我拿彝族來講好了，比如說把陌生的變熟悉。親屬關係對人類學來講很稀鬆平常，舉世都會有的現象，但是所有親屬關係裡面有不同的變化。比如在涼山彝族社會的話，自己母親姊妹的小孩——以漢人眼光來講是我的表兄弟姊妹——等同於我的親兄弟姊妹，所以是絕對不可能通親，對不對？可是，在漢人世界裡，這是親上加親的最好親家。所以我要講的是，如果一個彝族到漢人那裡，會覺得你們在亂倫，因為對他們來講這是親兄弟姊妹。

還有，像我在涼山的時候，有一些朋友尤其是讀過書的彝族朋友，他們喜歡讓我變成他們家的人，就會給我取當地的名字，就像老外來中國會取中文名字一樣。我跟我的兄弟講說，他們給我取的名字叫什麼，我兄弟第一個反應就是：「妳不是姓劉嗎？怎麼可能姓沙馬呢？彝族的〔姓〕名字不可能改的，妳到哪裡都不能改的。」他覺得我就是劉，我就應該忠於姓劉的，怎麼可以改姓其他家姓呢？這是他的文化觀，他對於我在涼山改〔彝〕姓這件事情，他覺得衝擊很大。

把熟悉變陌生的例子很常見。比如說很多漢人都會覺得少數民族穿的衣服很奇怪，當然我相信在座的各位都不會有這種感覺，但是應該可以想像有人會覺得這樣，覺得他們穿衣服和飲食都很奇怪。我就會問學生說，像你在臺灣，如果祖屋還在，通常走進去都會看到阿公、阿媽的畫像或者照片，我就問學生有沒有看過阿公和阿媽、曾祖父母穿什麼衣服？他們就會說穿清朝那種很大的衣服。所以說，我們穿現在這種衣服還不到百年的歷史，可是我們覺得習以為常，我們把這個當成自己的一部分，再用我們自以為是自己一部分的價值判斷去判斷跟我們不一樣的人，然後覺得他們比較落後，比較奇怪。我們其實已經把這些事情當成稀鬆平常，但如果用同樣標準來反省自己，我們也不會覺得我們身上穿的衣服是理所當然的。這就是眼光跟角色的轉換。你可能會發現，日常生活當中，很多你覺得理所當然的後面，其實大有文章。這樣子有大概說明嗎？

***

讀　者：老師您好，接觸《我的涼山兄弟》這本書是當時我學田野的時候老師推薦的，我非常喜歡這本書。我自己其實是一個基本沒有受過完整的田野學術訓練的學生。我自己在剛剛進入田野的過程當中，也需要放下自己原本的價值判斷，我還是會覺得當把我們個人拋到陌生的環境中，跟一群價值觀上面跟我完全不同的人相處，我不是會帶一種非黑即白的〈眼光〉，覺得他們有一些什麼樣的問題。我會告訴自己說，這些都不能有，去放空、瞭解他們。但是會在自己做田野的過程中，有一定的不適應感，想問一下老師怎麼樣去克服這種不適應感？謝謝。

劉紹華：謝謝。我跟你講一個人類學大師的不適應感，你就會釋懷了。英國的人類學之父叫馬林諾夫斯基，他死後被他太太出賣了，把他的私人日記出版，日記裡面寫了很多不堪入眼的事，像是講說他對土著的女性有性幻想等各式各樣的東西。我要講的是，那就是人性，其實我覺得那個沒有什麼問題。我們在夜深人靜的時候，捫心自問，你肯定會有喜歡、不喜歡，我好討厭那個人，或者是怎麼樣的感受，一定會有。但是，等到你恢復成研究者身分的時候，你知道這個東西，能夠分清楚就好了。就像法官一定有他喜歡交的朋友、他不喜歡交的朋友，但是上了法庭理論上就應該盡可能地維持一定的平衡。所以，你的內在有一些東西在那邊掙扎，那個很正常的，你不要覺得你有問題，你是正常人。

當你成為一個社會人，也就是進到一個社會情境下做研究，成為社會人當中的研究者的時候，要很有意識感，知道自己的角色是什麼。有人說那個很像佛教禪宗打坐，你要意識到你的存在。我其實不懂那個，我是沒有那種感覺，但是我知道有一些人是用那樣子的概念來解釋。我不知道那個對你有沒有效？人類學像是一個技藝，凡是一個技藝肯定要有鍛煉來達成，沒有辦法像資料公式和機械那樣，你知道原理就可以達成。既然是一個技藝，你必須去琢磨，其實每一個人琢磨出來的東西都不一樣。所以，即使兩個都是很棒的人類學者，去做同樣的一群人、同樣的一個研究主題的題目，他們做出來的東西絕對百分之百不可能一樣，因為每個人的技藝、關注都不同。所以，就是繼續加油，但是不要覺得自己有問題，沒有的。你看祖師爺也都有這些問題。

＊＊＊

讀　者：您有沒有參與或者關注過您研究對象的生活，如果像您剛才說的，給他們食物或者為他們捐款也是一種干預的話，這個干預有沒有給自己設一條線，超過這條線我是不干預他的，只是記錄他。做為一個人類學家怎麼去界定他和他的研究對象之間的關係和距離。這是我的問題。

劉紹華：你問了一個很好、但也是很難的一個問題。人類學者做研究，有一個詞叫作comprehensive，就是方方面面都要照顧到的意思。比如說經典正宗的——當然不一定是好的——我只是想說經典的、正宗的、理想的人類學的研究是這樣的：至少一年，然後要把這個地方摸清、摸透。為什麼至少一年？一年有四季，假設這個四季會影響他們的節慶概念，會影響農業生產，影響勞動韻律，會影響各式各樣的整個日常生活的表現。我們需要做一個方方面面的研究。

即使我們在現在這個房間裡，我們這裡的人肯定有不同的立場，不同的角色，甚至不同的興趣。比如說我做《我的涼山兄弟》的研究，我主要關注的就是其中的一群人，吸毒的、愛滋感染者，這些人在公安的眼裡是壞蛋，在醫生的眼裡是麻煩人物，在政府眼裡是討厭的人民，對不對？每個人對於這一群人一定會有不同的想像，會有不同的界定。我如果在做研究的過程當中，我就很明顯地選邊站採取介入，一副我就是要去救援這些人的樣子，我跟其他不同立場的人的關係一定會改變，對不對？

我就講一個例子，在我做那個研究的時候，有一個NGO組織在那邊派了一個當地的小學老師擔任NGO組織的地方工作者。有一天，衛生院上級有人來，他們想找愛滋感染者，想要找可以吃雞尾酒療法的人。吃雞尾酒療法的人必須要測CD4細胞，看看那個肝功能是不是可以吃那個藥。就召集了所有感染者蹲在地上，衛生人員和上級來的人在那邊訓話。我們在旁邊看，包括那一個小學老師。突然，那位小學老師對著衛生人員指著其中一個人說：「某某是感染者嗎？」衛生人員就說：「是啊，怎麼了？」小學老師就開始尖叫：「那怎麼辦？我昨天才碰了她的刺繡！」那個NGO是這樣子的，叫愛滋病感染的婦女做涼山的刺繡，看妳繡的好與不好，就給妳三十元到五十元不等買妳的刺繡，再到北京募款賣妳的刺繡兩、三百塊。三十塊、五十塊對我們不重要，但對於當時涼山的窮人來講那是一筆錢。那個小學老師就在那邊高喊，不要再給那個女的做刺繡了，說要是我們的捐款人、我們的買主知道這個是愛滋感染者做的，他們怎麼敢買啊？我就跟她講，你們NGO不是專門協助愛滋病患嗎？為什麼妳會在意這些事情？而且旁邊的那個衛生人員都跟她說，妳並不會因為碰了病人繡的布就會感染。但那個老師堅持要打電話給負責的老師說，不能再給這個婦女做這件事情了。

當時，以我在農村工作的情況瞭解，我覺得不管她有沒有打這個電話，因為她是第一線的工作者，她想要中斷對婦女的買賣是很容易的事情。我跟她說，妳不可以這樣做，因為你們的NGO募了那麼多社會款項，就是做愛滋病患者扶持的工作，妳怎麼可能因為她得了愛滋病就斷了她的機會。她就跟我說一定要打電話給那個老師，我就很生氣，就介入了。我就打了電話給那個老師，我就跟他說，你們不可以斷了那個婦女的機會，如果斷了這個婦女的機會，我一定會讓媒體知道。我生氣了，我的生氣就是一個公開的介入。第二天呢，因為我住在衛生院的宿舍裡面，第二天早上門一打開，就看見小學老師站在我門口指著我鼻子罵：「妳，卑鄙小人！」我當時愣住了，不曉得要怎麼回應，其他衛生人員跑過來跟我說：「劉老師，妳不要理她。」因為大家都知道那是一個個性比較驕縱的女孩子。

我用這個當例子是要講說，當我們公開介入的時候的可能問題。假設這個女孩子她可能會是一個很重要的訊息提供者，我這種介入其實就斷了我透過她來研究一些訊息的可能性，對不對？所以，在研究方法上，如果我公開介入的話，我肯定會影響我的關係，這個關係會導致我想要嘗試去全面性理解的可能性大為下降。但是，你不介入，就像這個單一事件，不介入就很難受，而且可能眼睜睜看著不公平的事情就在我眼前發生。我只能說我公開介入影響我跟她的關係，但是她沒有什麼影響力，所以沒有影響到我。可是，假設她是一個很有影響力的人、在地方上很有影響力的人，我在研究上一定會受影響的。所以，介入這件事情一直是我們人類學在倫理跟方法上會不斷考慮跟掙扎的事情。

對我來講，在研究的過程當中，我盡可能保持至少在方法上是中立的一種狀況。

但是，最後我的介入對我來講就是我的書寫，書寫就是我介入的方式。所以在我書寫的時候，就算我沒有要昭告天下這是我的立場，但是我相信任何人看了，應該或多或少都可以感覺到我的立場。但是，我在研究的過程當中，就是盡可能不要公開性地介入。但是，你說如果是在個人層次提供別人協助，這個東西我想，就算不是當一個研究者，我們做為一個日常生活中的人也會做的事情，那種部分我覺得是無所謂。

＊＊＊

讀　者：我有兩個問題，一個是您在做研究的時候，去涼山有沒有受到一些阻力？另外一個我想問一下，在中國大陸有一個很有名的關注愛滋病的高耀潔女士，但是她已經離開了自己的國家。妳能不能談一談她？謝謝。

劉紹華：去年在成都方所書店演講的時候，演講完之後有讀者過來要簽名，有一個人看起來跟一般讀者不一樣，因為大家一看就是讀書人，而那個讀者一看就是彝族的老鄉。他跟我說他是某一個鄉的書記，到峨眉來看病，聽說我在這邊演講就特別轉過來了。他問了我一句話：「劉老師，妳在那邊做研究，那個鄉書記有支援妳的工作嗎？」他問了一個我覺得我歷來收到的問題裡面最清楚狀況的一個問題。我跟他說：「當然沒有啊。」然後，他就若有所思地走了。所以，我才會說我不會隨便帶我學生去那邊做研究，我剛才講的困難包含這些困難。在書裡面我大概有寫，其實我有被趕出去過，他們會不給我材料，也會警告別人不准協助我。但是老鄉最後是比較挺我的。困難其實很多，但是我會說我年紀夠大，吃過夠多的苦，所以有撐過來，真的是不容易。

高耀潔老師，我認識她。我曾經跟一個年輕的中國學生說，我覺得高老師是我認識的最愛中國的人。其實，我當年會想要來中國大陸瞭解愛滋病，正是看了《紐約時報》二〇〇〇年的一個報導。你們知道河南愛滋病的情況嗎？知道它怎麼發生的嗎？河南當地組織這個事情的是一個官員，爆發了愛滋病之後，先是高老師她發現的，河南當地地方報的一個記者，叫張繼承，就報了這個事情。報了這個事情之後，中國有一個愛滋病維權人士叫萬延海，萬延海就把這個事情告訴了《紐約時報》當時的駐京記者叫 Elisabeth Rosenthal，就是後來大家看到的《紐約時報》幾乎整版新聞的那個記者。結果，這件事情只有兩個人有好下場，就是河南的官員他高升了，然後《紐約時報》這個記者很快成為世界知名的大記者。而張繼承很快就丟了他的工作，高老師跟萬延海都流亡他鄉，這就是他們的下場。高老師她一個人在紐約，其實那是一件非常令人於心不忍的事情，因為後來她的老伴也走了。你想想看，我們這種年輕一點的人，我們離鄉在外都會很想家對不對？你想想看一個九旬的老人，那是一件很悲慘的事情，我沒有辦法再講下去。

我很謝謝大家，真的非常謝謝你們，你們對這件事情的關注，對我是一個很大的肯定，也是讓我可以繼續走下去的動力。不管是不是涼山彝族，或者是其他的吸毒的人、不小心掉到那個陷阱裡面的人，或者愛滋病患者，他們的行為一定有可惡之處，但是人做為人一個基本的人性，他們並沒有因此就一定喪失了。這個部分我覺得其實需要很多很多的社會理解跟支持，我真的非常感謝各位願意對這些人的生存處境有一些關注，所以我是真的要謝謝大家。

跋一：寫給年輕的學者
跋二：寫給年輕與年老時的自己

跋一：寫給年輕的學者

我是做社會變遷研究的人類學者。如果將自身從年輕學者走到中年學者的歷程，當作一個迷你的社會變遷題目來研究，從何角度切入最能突顯這段經歷中的反思主軸？

應邀撰寫此文，目的是希望能與他人的學術生命經歷有所呼應，而不只是寫自己的「地方知識」。於是，我分別向幾位年輕學者請教，在他們初入學界時，最主要的困惑或挑戰是什麼？與他們交談後，發現與我曾有的經歷頗類似，只是表達方式不同。

我便以「自我定位」來含括四種典型的困惑或挑戰，並以自身為例，回顧我如何克服挑戰或持續困惑中。

「我的學術社群在哪裡？」是最常見的困惑。年輕學者常急於尋找學術同伴，認識其他學者、被人認識。雖然個人積極或急切的程度不同，但大致上都有類似渴望。於是，年輕學者熱衷參與學術會議、發言、活動、撰文，尤其是網路短文，是為常見現象。一方面，年輕學者有如活血入注延續社群能量，也得以提升個人能見度。但另一方面，年輕學者卻可能因而忙碌不已，難以專注於扎根研究與深入著述。以美國為例，將博士論文改寫成專書出版，是判斷年輕學者是否已展現學術成熟度的升等關鍵。但在臺灣，卻少有年輕學者做到，可能與此困惑的影響有關。

這也曾是令我困擾的問題。我本是好奇心很重之人，接觸新的人事物對我極具吸引力。甫進學界之初，我很想多參與學術會議，琳瑯滿目的主題令人心猿意馬。但是，我又希望能專心完成書稿。時間、精力與專注力上的掙扎，成為日常抉擇。猶記得，我剛進中研院未久，向一位資歷稍長的學者哀嘆：「我的研究跟大家都不一樣，很孤單。」未料，該名學者如是回應：「恭喜妳！這樣妳就可以專心發展妳自己的研究，不用配合別人的計畫了。」陸續也有其他資深學者對我提出類似忠告，而且什麼學科的學者都有。

日後，我深切體認那些忠告的善意與啟發。我也記得，博士論文口試結束隔天，一位口委老師請我吃早午餐，慶祝我成為「同事」。她問我對於寫論文的生活有何感想，我回答：「為了要一年內完成論文，我犧牲了好多事都不能做。」老師聽完後，肯定地說：「對，犧牲，就是犧牲，這是這個生涯的關鍵字。」直到今天，我始終覺得，必須犧牲很多事，才能專注。而專注最忠實的夥伴，便是孤單。不過，專注也讓我獲得了非專注無以達致的智性滿足。這個困惑有時成為兩難，但我既無能擴大有限生命與工作效率，便只能在時間分配與興趣選擇上，捫心自問該如何抉擇。

如果並不急切尋找社群的人，可能會面臨第二種典型的困惑，那便是「我要如何做自己，且為學界接受？」如果說前一種困惑為「攻」，這一種困惑便是「守」，攻守權衡，一樣兩難。年輕學者的研究如果頗具新意或潛力，常會收到前輩的各種邀請，包括參與會議和計畫等。這些邀請有時對年輕學者很有助益，有時卻成為一大壓力，甚至可能只是幫前輩開拓新研究領域或應付各種計畫徵募。一般來說，如果前輩的學術風範佳，通常皆大歡喜，即使合作不成也持禮相讓；但有些前輩態度強勢，拒絕便形同關係破局，讓年輕學者戒慎恐懼，進退兩難。當然，也有年輕學者來者不拒，甚至主動攀附，把握一切機會。人各有志，得失冷暖自知。

這些經驗，都可能造成學者對於學界的不同認知，甚至形塑不同的學術之途，影響深遠。我也曾經歷這些掙扎與衝突。不同前輩的邀請，有些令我高興，有些令我困擾。對方的風範與格局，會影響我接受或婉拒的後果，我該怎麼面對？我的決定是，衷心願意參與的，即使忙碌不堪也絕對認真投入，以無愧於自己和他人。如果沒興趣或無能參與的，只能誠懇說明決定，以忠於自己，也讓別人認識自己。至於其他無法兼顧的考量，但求努力放下，以免加重身心負擔。

第三種困惑也與「如何做自己」有關，主要是從事跨學科研究的困惑。對於鍾情於單一學科領域的人而言，研究主題涉獵廣泛已堪足矣。但對研究係為跨學科性質的人而言，要表現出基本學科的深度，又要跨界學習其他學科，各方知識程度與問題意識的判準如何界定，可真是個有待摸索的學問。

我的專長是醫療人類學，以傳染病及公共衛生為研究切入，但具有人類學的學科認同。這兩個領域的結合，在美國，是文化人類學中最大的次學門，研究方法與議題的光譜很廣，而在臺灣卻是少數中的少數。所以，我最常往來或參與的學術活動，自學界入門開始，都是其他學科的醫療衛生研究者，例如歷史學。多年來我確實受惠於其他學科學者分享的養分，但偶爾也會困惑，不論是在問題意識、研究關注或研究的時空考量等方面，我都發現自己與其他學科的差異。於是，我偶爾會出現「認同危機」或「認同負擔」的情況。例如，我和歷史學者做歷史研究的方法不同。但是，既然我要與其他學科的人交流，我又是少數，自然得學習別人的方法，否則如何進行對話理解，甚至取信於人？只是，我要學到何種程度才算足夠？我有此困惑幾年後，便決定自行「拆牆」，將認同障礙擱置一邊，好奇又認命地能學就學。偶爾順便比較新知與自己原本所學的差異，而更清楚理解與定位原本學科知識的長處及限制。我相信，學問既是天下公器，該有一致的內定道理。至於形式，也許不用執著。只是，這樣的自我化解有無後遺症？我會許願，但不會算命，靜觀其變。

比跨學科還更有企圖心的學者，可能會出現第四種典型的困惑，那就是「我要當臺灣的學者？還是國際學者？」這本來不該是個問題，可是確實讓不少年輕學者思索。有人認為以英文出版論文或專書表示水平高；有人覺得寫中文才有影響力，因為臺灣學界不讀自己人寫的外文作品；有人以蒐集「點數」為出版策略；有人則考量審查，因為研究的特殊性，以英文出版才能獲得國際專家的審查意見。但也有人相反，研究華人以外的世界，卻只寫中文，迴避真正的專家審查。各式各樣的考量，端看個人的格局與決定。

當我還是學界的新進人員時，也有語言選擇的困擾。只是我面臨的是另一種情況：我的研究對象不是中國的底層罪犯或弱勢者，就是願意與我分享國家不願公開的訊息之人。以中文書寫，可能會影響我的受訪者；但不寫中文，我的受訪者幾乎沒人能讀我的書。於是，我決定先寫英文，待時間延後稍微化解風險，再寫中文。這樣的結果是：我累壞了，一本書要寫兩次，一個研究變得長長久久，難分難了。好在，幸運的是，如此華語世界與國際學界都有機會認識我的研究，讓交流成為可能。研究是自己選的，倫理與期待也就得自己承擔，而這些全都取決於自己想成為什麼樣的學者。

也許有人天縱英明，少年英雄（雌）。不過，多數的新科博士，其實只是拿到一張證照，新手上路，技藝還有待磨練。博士畢業前後的最大差異，就是一夕之間沒了師父。要撐起博士頭銜的檯面，全靠自己當學徒時習得的方法，繼續練功。

那麼，已逐漸成為年輕學者的「前輩」、對於他們的處境仍心有戚戚焉的我，認為怎樣才是能讓年輕學者好好練功的處境？我的感想是，不要參加太多學術活動，不要勉強加入計畫，不要以執行計畫案多寡做為評價學術的標準。科技部和教育部每年推陳出新的計畫徵募，雖然提供很多研究資源，用心良苦。但是，也讓高教界經常處於蓄勢待發的過動狀態，著實耗盡不少年輕學者的精力，讓他們忙於應付，蜻蜓點水般的研究成為常態。如果我們同意，年輕學者應該要誠懇負責地尋找學術定位並深入發展，中年以上的學者也許早有體會，對於忙碌打轉的新手來說，這實在是難以做到的抉擇。起步若此，後續何能可期？困惑持續中。

原載於《人文與社會科學簡訊》十八：三（二〇一七年五月），頁九八—一〇一。原篇名為：〈尋找自我定位的學術歷程：十年回顧與期許〉。

跋二：寫給年輕與年老時的自己

最近，我在香港的文藝復興創作營看了一部電影《大象席地而坐》，是已逝的中國青年導演胡波的首部劇情片，也是最後一部。唯一即永恆，令我異常感動，深覺這是某種特質的年輕人才拍得出來的電影。

營隊中，胡波的老師王紅衛教授談論《大象席地而坐》與其他本質相近的電影，提問「喪鐘為誰而鳴」，發人深省。總結說道：

電影會幫我們記住，我們和我們的時代。

瞬間，諸多的電影經典畫面穿越我的視神經。

這句話說得真好。而且，我想，這句話不只適用於電影，也適用於不同的創作。

我們和我們的時代如何能被記住？

能將畫面、話語和意義留存與再現的創作方式，都有機會吧。要做到這樣，創作的媒介形式很重要。另外，我衷心以為，從創作的角度來看，瘋狂的本質與故事的述說可能更為重要。

瘋狂且清醒

在文藝復興營中與諸多的創作者和年輕人交流，讓我得以回顧自己的書寫之路，驚覺原來自己並不如一向自以為是的理性，年輕時也很瘋狂，只是我的瘋狂本質有著清醒的外貌罷了，但內裡與追求深刻創作的年輕人實則同處一種狀態。

有些問題年輕時才會問、才有能力追問、才有股力氣不放棄地直面問。老了就有答案了，哪怕是模糊不滿意的答案，不會再問了。

我常跟學生說，不要專挑安全、輕鬆的題目做研究，才能體驗學到更多，拓展生命視野的地平線。若等到青壯年後才想要做「重要的」研究，尋求意義，可能已經來不及，少了挑戰自己和這個世界的必要眼光與力氣。

如今人到中年，回顧自己年輕時的生命移動軌跡與紀事，除了熟悉之外，竟也充滿感激之情。感謝年輕時的自己很勇敢，以瘋狂的本質展現對世界和生命的好奇與熱情，不計代價，去看、去問、去想、去寫，即使害怕、挫折、疲倦、困惑也未曾停止。人類學活在我的血管裡。這樣的勇氣、熱情、專注、投入、力氣，令早已進入中年的我感激且敬佩。

也許，年輕並非時間的狀態，而是直視與描述這個世界的狀態。隱約覺得自己似乎正介於追問與不再問之間的轉角處了。只是，這個彎要拐行多久我才會安適於另一面，還不知道。中年是一段過渡旅程，也需要好好體驗，才能如同中年時回顧年輕的自己，老年時也能感謝自己的中年來時路。

有畫面的文字

記得在寫《柬埔寨旅人》時，我跟一位電影圈的朋友說：「我寫得出畫面，但好像寫不出嗅覺。」

像德國小說家徐四金的《香水》般能把嗅覺描繪得如此深刻的作品，實在是天才方有的能耐吧。我明白自己的限制。所幸，我還能寫得出畫面。

我的文字偶爾帶有視覺性，可能與我喜歡電影和漫畫有關，也可能只是反映我介入這個世界的方法，一直是以現場見證的方式在體驗生命。人類學活在我的眼睛裡。至今依然記得，二〇〇五年我正投入《我的涼山兄弟》的田野時，有一天搭乘在山區間蜿蜒移動的老舊中巴，車子行經一個懸崖轉彎處時，遠眺山谷間我暫居研究的山寨村落，頓時心生感動：「怎麼會有這麼好的事啊？有人支持讓我體驗不一樣的生活。」

這種想法，不是第一次出現了。無論是在臺灣當記者、在柬埔寨從事國際發展、在非洲瞭解臺灣的海外援助、在美國攻讀博士、在中國做田野研究，都是由於公共性的經費支持，我才得以在這個平行世界移動、體驗多元生活。移動，促成了我不斷在這裡與那裡往返的現場見證和觀點。令我有感的畫面，也想以文字描述，寫成故事與他人分享。這是個人喜好，也是公共性責任的自我期許。

也許正因如此，我不只是個學者，雖然我目前的主要工作是個學者。這樣說，不是因為身分認同出了問題，而是生命經驗使然。

我和多數學者的經驗有些不一樣，我並非一路在學院中就讀或實習上來的學者。在決定進入博士班繼續學習之前，我連續工作了七年，做過自由撰稿、編譯、記者、國際發展等工作。之所以決定重返學院就讀，不是受到書本知識的啟發，而是在記者與柬埔寨等工作現場看到的問題，大到無法以我當時既有的知識解套。攻讀醫療人類學博士，便是尋找知識工具協助自己解惑的途徑。

此後，我對這個世界的介入觀察、看待知識與提出問題的方式，都顯示出現場經驗與學術訓練的混融。學術既是我的知識資源與工具，也是我欲建構與解構之後向社會傳遞的知識媒介。而有畫面的文字，則是創作形式。這本小書，算是過去二十年來在這樣的想法與探索之路上的部分實作。

散文會幫我記住，我和我的青年時代。

中年之路，我仍會繼續移動與創作，期待觀點與形式的探索，挪用夏宇的詩意：「把你的影子加點鹽／醃起來／風乾／老的時候／下酒」，也為老年的自己備好下酒的配菜。

寫於二〇一九年七月

春山之聲　008

人類學活在我的眼睛與血管裡
——從柬埔寨到中國，從「這裡」到「那裡」，一位人類學者的生命移動紀事

作　　者　劉紹華
總 編 輯　莊瑞琳
責任編輯　盧意寧
美術設計　徐睿紳
內文排版　丸同連合 Un-Toned Studio

出　　版　春山出版有限公司
地址：11670 台北市文山區羅斯福路六段297號10樓
電話：(02) 2931-8171　傳真：(02) 8663-8233
總 經 銷　時報文化出版企業股份有限公司
地址：33343 桃園市龜山區萬壽路二段351號
電話：(02)23066842

製　　版　瑞豐電腦製版印刷股份有限公司
初版一刷　2019年9月

定　　價　380元

Email　SpringHillPublishing@gmail.com
Facebook　www.facebook.com/springhillpublishing/

填寫本書線上回函

國家圖書館預行編目資料

人類學活在我的眼睛與血管裡：從柬埔寨到中國，從「這裡」到「那裡」，一位人類學者的生命移動紀事／劉紹華作
－初版．－臺北市：春山出版，2019.09
面；　公分．－（春山之聲 008）
ISBN　978-986-98042-0-2(平裝)

857.85　　108012737

ALL VOICES FROM THE ISLAND｜島嶼湧現的聲音